名 作 欣 赏

——兼学经典，提品位

许立群◎主编

浙江工商大学出版社
ZHEJIANG GONGSHANG UNIVERSITY PRESS

图书在版编目(CIP)数据

名作欣赏：兼学经典，提品位 / 许立群主编. —杭州：浙江工商大学出版社，2014.5(2023.2 重印)

ISBN 978-7-5178-0269-3

Ⅰ. ①名… Ⅱ. ①许… Ⅲ. ①中国文学—文学欣赏—中等专业学校—教材②艺术—鉴赏—中国—中等专业学校—教材 Ⅳ. ①I206②J052

中国版本图书馆 CIP 数据核字(2014)第 010319 号

名作欣赏——兼学经典，提品位

许立群 主编

责任编辑	周敏燕	
封面设计	费珊珊	
责任印制	包建辉	
出版发行	浙江工商大学出版社	
	(杭州市教工路 198 号　邮政编码 310012)	
	(E-mail：zjgsupress@163.com)	
	(网址：http://www.zjgsupress.com)	
	电话：0571 - 88904980，88831806(传真)	
排　版	杭州朝曦图文设计有限公司	
印　刷	广东虎彩云印刷有限公司绍兴分公司	
开　本	787mm×1092mm　1/16	
印　张	10.75	
字　数	248 千	
版印次	2014 年 5 月第 1 版　2023 年 2 月第 5 次印刷	
书　号	ISBN 978-7-5178-0269-3	
定　价	21.50 元	

教材编写组成员

主　编　许立群

编　委　王　琳　董丽伶

　　　　余忠艳　郑曦文

目　录
CONTENTS

第一章　名著欣赏

第二章　名诗欣赏

第三章　名曲欣赏

第四章　名画欣赏

第五章　名片欣赏

第一章
名著欣赏

第一课　《三国演义》

【作品推荐】

【作品赏析】

　　《三国演义》描写了东汉末年,桓、灵二帝宠信宦官,致使朝纲大乱,政治腐败,黄巾军揭竿而起,四方州牧乘机割据,国家陷入四分五裂的局面;赤壁之战后,三国鼎立的格局成型,最后统一于晋的历史故事。其中对于战争的场面、英雄与枭雄之间的斗争,以及各政治势力之间的钩心斗角,都有十分精彩的描写。当然,《三国演义》不是正史,所谓"七分写实,三分虚构"并非妄说,但是它的影响却远远超过了正史。人们对三国时代的认知,大部分来自《三国演义》,而不是正史《三国志》。例如小说叙述关羽温酒斩华雄,其神勇的形象深植人心,而事实上斩华雄的并非关公,而是孙坚;又如诸葛亮借东风之事,正史并没有相关的记载,不过是小说的虚构而已。

　　三国是一个与明朝迥然不同的时代,它没有青楼与赌场,无论是官方还是民间都奉行儒家文化,宣扬仁、义、道、德、礼、信、忠、贞、孝、廉、善、美、真,是汉文化的再体现。对比宋朝、元朝和明朝的社会,它们都有着大量的青楼和赌场,虽然儒家文化是官方文化,但佛教文化在社会各阶层中的影响力更大。因为青楼、赌场等异域民风长久发展,使民间渐渐奉行的是兼具华夏文化特点和西域文化特点的市井文化。骄、奢、淫、逸、假、丑、恶、奸、强取豪夺思想在民间广泛宣扬。印度社会的浪漫主义作风和佛教文学的浪漫主义文风也在宋朝、元朝和明朝社会有着蓬勃的发展。传奇小说、历史演义小说等浪漫主义文学得到极大发展，官场和战场也都成了游戏场，浪漫主义风行，岳飞遭遇"莫须有"罪名就是一个很典型的例子。三国时代与宋朝、元朝和明朝相比，统治思想、官场风气、社会生态、世态人心差别巨大，古今对比强烈，能充分发挥历史演义小说穿越、批判的艺术特点，让文字显得更诙谐有趣，人物形象更有艺术张力，同时还保留知识含量，使《三国演义》成为第一部被集结成书的历史演义小说。

《三国演义》的艺术成就更重要的是在战争描写和人物塑造上。小说最擅长描写战争场面，并能写出每次战争的特点，尤其注意描写在具体条件下不同战略战术的运用，指导作战的主观能动性的发挥，而不把主要笔墨花在单纯的实力和武艺较量上。如官渡之战、赤壁之战、夷陵之战等，每次战争的写法也随战争特点发生变化，在写战争的同时，兼写其他活动，作为战争的前奏、余波，或者战争的辅助手段，将紧张激烈、惊心动魄的战争表现得有张有弛，疾缓相间。如在赤壁之战前描写孙、刘两家的合作及诸葛亮、周瑜之间的矛盾，曹操的试探，孙、刘联军诱敌深入的准备等。在人物塑造上，小说特别注意把人物放在现实斗争的尖锐矛盾中，通过各自的言行或周围环境，表现其思想性格。如曹操的奸诈，一举一动都似隐伏着阴谋诡计；张飞心直口快，无处不带有天真、莽撞的色彩；诸葛亮神机妙算，临事总可以得心应手，从容不迫。著名的关羽"温酒斩华雄"、张飞"威震长坂桥"、赵云"单骑救幼主"、诸葛亮"七擒孟获"等都是流传极广的篇章。

【作者介绍】

罗贯中（约1330—约1400），名本，字贯中，汉族，号湖海散人。他是元末明初著名小说家、戏曲家，是中国章回小说的鼻祖。14岁时母亲病故，于是辍学随父亲去苏州、杭州一带做生意。元朝末年，天下大乱，罗贯中在苏州结识施耐庵，以师徒相称，也曾为张士诚幕僚。生卒年月不详，后人对其事迹知之甚少。一生著作颇丰，主要作品有：剧本《赵太祖龙虎风云会》《忠正孝子连环谏》《三平章死哭蜚虎子》；小说《隋唐两朝志传》《残唐五代史演义》《三遂平妖传》《粉妆楼》及代表作《三国演义》等。关于其故里有多种说法，或曰山东东平罗庄，或曰山西太原、清徐、祁县，或曰福建建阳，目下尚无定论。其墓地也有山西清徐、福建建阳等处，另有祠堂、纪念馆等。

【知识链接】

1. "历史演义"和"章回体"

所谓"历史演义"，就是用通俗的语言，将争战兴废、朝代更替等基于历史题材组织、敷衍成完整的故事，并以此表明一定的政治思想、道德观念和美学理想。"演义"者，据"史实敷衍成文"之义也。其由宋代的讲史话本发展而来,于元末明初出现。"讲史"原是宋代说话四家之一,或取材正史而作不同程度的虚构,或取材野史传说。明代起出现大量演义小说。

　　"章回体"是中国古典长篇小说的主要形式。讲史一般篇幅很长,艺人表演时必须分为若干次才能讲完,每讲一次,就等于后来"章回体"中的一回。在每次讲说以前,艺人要用题目向听众揭示主要内容,这就是"章回体"小说回目的起源。文中的"话说"和"看官"等字样,可见它与话本之间的继承关系。

　　2. 推荐作品

　　(明)罗贯中《三遂平妖传》

　　(明)熊大木《杨家将演义》

　　(清)褚人获《隋唐演义》

　　(明)陈仲琳《封神演义》(又名《封神榜》,实非历史演义小说)

第二课 《红楼梦》

【作品推荐】

【作品赏析】

《红楼梦》,原名《石头记》,也称《情僧录》《风月宝鉴》《金陵十二钗》,是我国古代最伟大的长篇小说,全书共一百二十回,前八十回是曹雪芹所写,后四十回据说是高鹗续写,由高鹗、程伟元整理而成的。故事始于贾宝玉衔玉出生,为贾母所钟爱,林黛玉失怙,来依外祖母家,迄于黛玉死和宝玉出家。《红楼梦》是一部具有高度思想性和艺术性的伟大作品,作为一部成书于封建社会晚期——清朝中期的文学作品,该书系统总结了中国封建社会的文化、制度,对封建社会的各个方面进行了深刻地批判,并且提出了朦胧的带有初步民主主义性质的理想和主张,是我国古代文学中成就最高的一部小说。

全书以贾宝玉、林黛玉的爱情悲剧为主线,通过贾府兴衰历史的叙述,揭露了封建家庭的荒淫、腐败,显示出封建制度濒于崩溃和必然灭亡的命运。作者通过对贾府的描写,还展示了这个由少数封建主子和数百个奴仆所组成的封建贵族大家庭内部折射出的那个社会必然发生的种种矛盾和冲突。书中的宝玉、黛玉、晴雯、芳官等代表了反封建反迫害的一方;王夫人、贾政、宝钗、袭人等代表了维护封建统治秩序的一方。这两者之间的矛盾,发展到了很激烈的程度。作者还描写了探春的"反抄检",鸳鸯的"反霸占",晴雯的"反迫害",尤三姐的"反淫乱"等斗争场面,都是十分激烈的。除此之外,作者还写了上自王公大臣,下至贩夫走卒,各个阶级、各个阶层的人物及他们之间矛盾和斗争,其间有宫廷与王府的矛盾,家族之间的倾轧,骨肉之间的陷害,豪强之间的掠夺,僧侣村夫之间的诱骗等。

作品的思想意义还在于表现了生活中的积极面,对于那些反封建主义的叛逆者,特别是对违背封建礼教的爱情,作了热情的歌颂。贾宝玉和林黛玉这两个叛逆性格的典型形象有着共同的思想倾向,反对封建婚姻制度,要求平等相爱的自由婚姻;反对八股文,喜欢以诗词歌赋来抒写"性灵";反对世俗利禄观念,主张做一个品质高洁的人。贾宝玉被逼得发呆,终于和封建家庭决绝;林黛玉则是以哭泣和一死来控诉封建社会对她的迫害。他们的这种要求和反抗精神,正体现了那一历史时期要求进步的青年的思想面貌。

关于红楼梦旨义、思想的研究历来众说纷纭,鲁迅定义为"人情小说",脂砚斋云"只是着意于闺中,故叙闺中之事切,略涉于外事者则简",王国维云"与喜剧相反,彻头彻尾之悲剧",胡适云"曹雪芹的自叙传",蔡元培云"揭清之失,悼明之亡"。

作者以贵族家庭的兴衰为主轴,为避免文字触及时事被清政府干涉,故以描写闺阁女子来避讳。最为人所熟知的是贾宝玉和林黛玉及薛宝钗之间的恋爱纠葛。这部巨著虽然虚构朝代、地点,而且假借了女娲补天的神话作为故事的因缘。却反映了清朝贵族的生活实况,并且反映出当时的社会生活、婚丧祭祀制度,乃至服装穿戴、饮食药膳、建筑亭阁、园林造景、舟车行轿等情景。全书中也有很多关于佛教、道教、儒家思想的描写与戏谑,堪称一部百科全书式的小说。

【作者介绍】

曹雪芹(1715—1763),字梦阮,号雪芹,又号芹圃、芹溪,祖籍辽阳。其先世原是汉族,后为满洲正白旗包衣(家奴)。曹雪芹的曾祖父曹玺,祖父曹寅,父辈的曹颙和曹頫相继担任江宁织造达60余年之久,颇受康熙帝宠信。曹家自雍正初年开始家道衰微。这一转折使少年养尊处优的曹雪芹深感世态炎凉,更清醒地认识了封建社会的痼疾。从此他远离官场,无视权贵,生活一贫如洗。他能诗会画,擅长写作,以坚韧不拔的毅力专心致志地从事小说《红楼梦》的创作和修改,披阅十载,增删五次,写出了这部把中国古典小说创作推向巅峰的文学巨著。清乾隆二十七年,曹雪芹因幼子夭亡,陷于过度忧伤和悲痛中,不久因贫病交加而逝世,入葬费用由好友资助。

【知识链接】

1.《红楼梦》的影响

《红楼梦》甫一问世,就以手抄本的形式流传了三十年,被视为珍品。及用活字印刷后,京师流传的竹枝词说:"开谈不说《红楼梦》,纵读诗书也枉然!"民间戏曲、弹词演出《红楼梦》

时，观众为之"感叹唏嘘，声泪俱下"。甚至有人由于酷爱书中人物以致痴狂。然而，《红楼梦》很快因其深刻的反封建思想被当局斥为"淫书""邪说"，并严行禁毁。另外，《红楼梦》有大量才子佳人大团圆式的续书，如《后红楼》《红楼补》《红楼复梦》《红楼圆梦》等。

历来以《红楼梦》题材创作的诗、词、戏曲、小说、电影不胜枚举。两百年来，人们对《红楼梦》的研究工作一直没有间断过，成为一种专门的学问——"红学"，这在我国文学上是罕有的现象。

2. 推荐作品

王国维等《王国维、蔡元培、鲁迅点评红楼梦》

张爱玲《红楼梦魇》

王昆仑《红楼人物论》

周思源《说红楼》

刘心武《红楼望月——从秦可卿解读〈红楼梦〉》

第三课 《四世同堂》

【作品推荐】

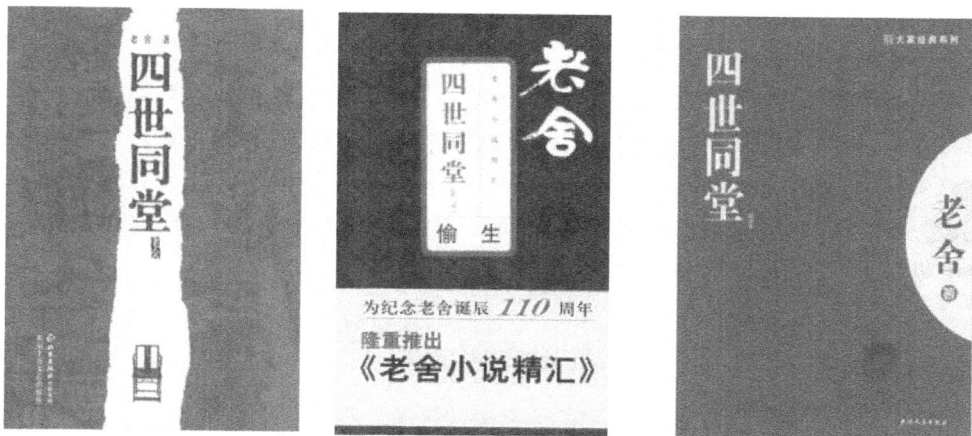

【作品赏析】

《四世同堂》是一部中国现代长篇小说名著,是老舍先生正面描写抗日战争,揭露控诉日本军国主义的残暴罪行,讴歌弘扬中国人民伟大爱国精神的不朽之作。

全书分《惶惑》《偷生》《饥荒》三部,小说以北平小羊圈胡同祁家祖孙四代的活动为主线,辅以小羊圈胡同各色人等的荣辱浮沉、生死存亡,真实地记述了北平沦陷后的畸形世态,形象地描摹了日寇铁蹄下广大平民的悲惨遭遇、心灵变化和反抗斗争,刻画出一系列栩栩如生的艺术形象,史诗般地展现了第二次世界大战期间,中国人民与世界人民一道进行反法西斯斗争的伟大历程及生活画卷,可歌可泣,气度恢宏,读来令人荡气回肠,是一部感人的现实主义杰作。

这部独具匠心的抗战小说,全部故事以祁家四代为中心,总共不过几户人家,人物不过十几位,就在这样一个小小的舞台上演出了沦陷区人们的悲欢离合,成就了这八十余万字的鸿篇。书里描写的有爱国者,有汉奸,形形色色,但无一例外,他们全都只是小小的百姓,不是什么重要人物。与《茶馆》有些类似,在巨大的时代框架下,用小人物们的故事记录下整个民族的脉动。老舍先生以小见大的功夫炉火纯青,他的作品全都是关于平民百姓的,而反映的又全都是整个社会、整个民族。

老舍先生很注重人物的塑造，他的观点是，小说中的人物要比情节重要，情节可以淡忘，但人物是不朽的。在这本书中，他特别注重人物心理的描写，祁天佑的老实、祁瑞宣的深沉、大赤包（"北平妓女检查所所长""全城妓女的干娘"）的嚣张、丁约翰的洋奴习气、蓝东阳的蛮横、文氏夫妇的不卑不亢都写得十分到位。对于汉奸们（冠晓荷、大赤包、祁瑞丰、胖菊子、蓝东阳、高亦陀等）的争权夺利、钩心斗角，他给予了辛辣的嘲讽，用了很多的夸张和比喻，笔法堪比钱钟书的《围城》；对百姓们生活的困苦，他给予了深切的同情。

老舍先生的作品还有一大特点就是平民化。身为地道的北京人，他熟悉老北京人们的生活状态，并用他的笔生动地描绘出老北京的韵味。他的作品就是北平城的巨幅画卷，把故都的风貌展现得淋漓尽致，把北平旧时的文化、老北京人的心理刻画得入木三分。他画了虎，画了皮，更画了骨，"人民艺术家"的称号他当之无愧！实际上，抗战期间老舍先生是不在北平的，他当时在重庆主持文艺界工作。他的夫人于1943年离开北平。他从他夫人的口中得知了北平沦陷区的种种，凭此着手写下了这本书，足见他对北平的熟悉。

中华民族一百年来蒙受的屈辱在日本侵华战争中达到顶点。《四世同堂》依托八年抗日战争的大背景，围绕着北平一条胡同里的小市民，描写出"亡城"之下的中国人不屈服日本军国主义镇压，从心理对抗到奋起斗争的全过程。本剧深入挖掘中华民族生死存亡之际的文化心理，它是一部沦陷区平民心灵史。忍辱负重的八年，觉醒抵抗的八年，终使胡同里的人们彻底懂得国之尊严、民族之尊严、人之尊严。

【作者介绍】

老舍（1899—1966），原名舒庆春，满族正红旗人，中国现代著名小说家、文学家、戏剧家。父亲是一名满族的护军，阵亡在八国联军攻打北京城的时候。老舍童年清苦，自1924年赴英讲学时开始文学创作，抗战时期主持文协工作，战后受周恩来之邀任文联工作。老舍这一笔名最初在小说《老张的哲学》中使用，其他笔名还有舍予、絜青、絜予、非我、鸿来等。著有长篇小说《小坡的生日》《猫城记》《牛天赐传》《骆驼祥子》等，短篇小说《赶集》等。老舍的文学语言通俗简易，朴实无华，幽默诙谐，具有较强的北京韵味。1966年8月24日，他因不堪忍受红卫兵的暴力批斗，在北京太平湖投湖自尽。

【知识链接】

1. 京味文学与京派文学

"京派文学"与"京味文学"两个术语往往被混用。"京味文学"，现代学者认为通常指一种风格现象，是由人与城市之间特有的精神联系中发生的，是人所感受到的城市的文化意味。京味文学在内容上一般是用俗白、风趣的北京话书写北京城的人物、故事,表现具有浓郁京华色彩的风俗文化、人情世态等,老舍和当代作家王朔最有代表性。京派文学是指 20 世纪 30 年代以北方城市为中心的作家构成的文学创作流派。此流派的作家往往是一批学者型的文人,他们一面陶醉于传统文化的精美博大,又置身于自由、散漫的校园文化之中,追求文学艺术的独立与自由,既反对文学从属于政治,也反对文学商业化,具有传统的文学审美的理想主义特征。代表作家有沈从文、废名、林徽因、李健吾、朱光潜等。

2. 推荐作品

老舍《骆驼祥子》

王朔《编辑部的故事》

废名《桥》

沈从文《边城》

汪曾祺《受戒》

第四课 《红高粱》

【作品推荐】

【作品赏析】

　　《红高粱家族》是莫言的代表作，属于寻根文学范畴，由《高粱酒》《高粱殡》《狗道》《奇死》《红高粱》五部组成。小说通过"我"的叙述，展现了抗日战争年代"我"的祖先在高密东北乡上演的一幕幕轰轰烈烈、英勇悲壮的故事。爷爷、奶奶、父亲、姑姑等先辈，一方面奋起抗击残暴的日本侵略者，一方面迸发着让子孙后代相形见绌的传奇爱情。书中洋溢着莫言独有的丰富饱满的想象力、令人叹服的感觉描写，并以汪洋恣肆之笔全力张扬中华民族的旺盛生命力，堪称当代文学中划时代的史诗精品。

　　作者主要站在民间立场上讲述的一个抗日故事，这种民间立场首先体现在作品的情节框架和人物形象这两个方面。对于抗战故事的描写在中国当代文学中并不少见，但《红高粱》与以往革命历史战争小说的不同就在于，它以虚拟家族回忆的形式把全部笔墨都用来描写由土匪司令余占鳌组织的民间武装，以及发生在高密东北乡这个乡野世界中的各种野性故事。这部小说的情节是由两条故事线索交织而成的，始终被突显出来的是一种生机勃勃的民间激情，它包容了对性爱与暴力的迷醉，以狂野不羁的野性生命力为其根本。这在很大程度上弱化了历史战争所具有的政治色彩,将其还原成了一种自然主义式的生存斗争。这部小说在人物形象塑造上,也除去了传统意识形态下二元对立式的正反人物概念,比如把作为"我爷爷"出场的余占鳌写成身兼土匪头子和抗日英雄的两重身份,并在他的性格中极力渲染出了一种粗野、狂暴而富有原始正义感和生命激情的民间色彩。20世纪50—70年代现代历史小说中也出现过类似的草莽人物,但必须要在他身边再树立一个负载政治道德标准的正统英雄人物,以此传达意识形态所规定的思想内容,但在《红高粱》中,余占鳌是唯一被突出的主要英雄,他的草莽缺点和英雄气概都未经任何政治标准加以评判或校正,而是以其性格的真实还原出了民间的本色。正是建立在民间崇尚生命力与自由状态的价值取向上,作者描写的"我爷爷"杀人越货,以及其他人物种种粗野不驯的个性与行为,才能那样自然地创造出一种强劲与质朴的美。

　　有关《红高粱》,值得述及的还有这部小说在写作上的新颖之处。莫言曾较深地受到美国作家福克纳和拉美作家马尔克斯的影响,从他们那里大胆借鉴了意识流小说的时空表现手法和魔幻现实主义小说的情节结构方式,他在《红高粱》中几乎完全打破了传统的时空顺序与情节逻辑,把整个故事讲述得非常自由散漫。但这种看来任意的讲述却统领在作家的主体情绪之下,与作品中那种生机勃勃的自由精神暗暗相合。此外,莫言在这部小说中还显示出了驾驭汉语的卓越才能,他运用了大量充满想象力并且违背常规的比喻与通感等修辞手法,在语言的层面上形成了一种瑰丽神奇的特点,以此造就出整部小说中那种异于寻常的民间之美的感性依托。

【作者介绍】

　　莫言(1955—),原名管谟业,山东高密人,中国当代著名作家。香港公开大学荣誉文学博士,中国艺术研究院文学院院长,青岛科技大学客座教授,潍坊学院名誉院长。他自20世纪80年代中以一系列乡土作品崛起,充满着"怀乡"以及"怨乡"的复杂情感,被归类为"寻根文学"作家。2011年莫言荣获茅盾文学奖。2012年莫言荣获诺贝尔文学奖。其作品深受魔幻现实主义影响,写的是一出出发生在山东高密东北乡的"传奇"。《生死疲劳》和《蛙》这两部作品所具有的罕见的宗教情怀,使他超越了中国作家同行,而进入了世界文学的行列。莫言的作品使他当之无愧地获得了诺贝尔文学奖的殊荣。

【知识链接】

　　1. 寻根文学

　　寻根文学,20世纪80年代中期,中国文坛上兴起了一股"文化寻根"的热潮,作家们开始致力于对传统意识、民族文化心理的挖掘，他们的创作被称为"寻根文学"。1985 年韩少功率先在一篇纲领性的论文《文学的"根"》中声明："文学有根，文学之根应深植于民族传统的文化土壤中"，他提出应该"在立足现实的同时又对现实世界进行超越，去揭示一些决定民族发展和人类生存的谜"。文化寻根不是向传统复归，而是为西方现代文化寻找一个较为有利的接受场。在他们看来：以"世界文学"的视镜在中国文化里寻找有生命力的东西，应该是中国文学更为可行之路。

2．推荐作品

王蒙《在伊犁》

韩少功《爸爸爸》

阿城《棋王》

贾平凹《商城系列》

王安忆《小鲍庄》

郑义《老井》

李锐《厚土系列》

第五课 《秦腔》

【作品推荐】

  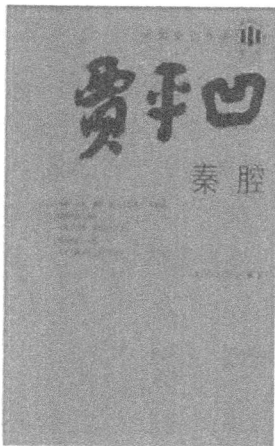

【作品赏析】

《秦腔》是贾平凹在 2005 年发表的第 12 部长篇小说,也是他近十年来最重要的一部作品。贾平凹曾称《秦腔》是他费时最长、修改最多、最耗心血的一部作品。《秦腔》也受到评论界的一片赞誉,绝大部分评论家认为,《秦腔》敏感地捕捉到社会转型及农村巨变中的时代情绪,是对正在消逝的乡村的一曲挽歌,也是书写当代中国农村的具有史诗意义的重要作品。

小说内容涉及其家乡陕西省丹凤县棣花镇的故事。全文以两条线展开,一条线是秦腔戏曲,一条线是农民与土地的关系,这两条线相互交织,在一个叫清风街的村庄里书写着近三十年的历史。清风街有白家和夏家两大户人家,白家虽早已衰败,但白家却出了一个著名的秦腔戏曲演员白雪,白雪嫁给了夏家的儿子。夏家家族两代人主宰着清风街,而两代人在坚守土地与逃离土地的变迁中充满了对抗和斗争。三十年里,清风街以白、夏两大户以及芸芸众生的生老病死、悲欢离合,真实而生动地再现了中国社会大转型给农村带来的激烈冲击和变化,给农民带来的心灵惊恐和撕裂。作品以细腻平实的语言,采用"密实的流年式的书写方式",集中表现了改革开放以来乡村的价值观念、人际关系在传统格局中的深刻变化,字里行间倾注了对故乡的一腔深情和对社会转型期农村现状的思考。书中大部分人和事都有原型。贾平凹曾称"我要以它为故乡竖一块碑"。

《秦腔》可以说是贾平凹在创作上达到的又一高峰。《废都》是用放荡掩盖精神痛苦的作品,而《秦腔》则以极其现实,甚至显得有些琐碎的日常生活场景,真实而深刻地揭示了极具典型意义的人类精神困境,使得小说在象征的层面上具有了普遍的人文关怀。《秦腔》所受到的一片赞誉,以及被整个文坛的充分肯定,还在其写作表现手法上,《秦腔》用瓷实精到的描写重塑了一个鲜活真实的世界。贾平凹以对农村农民过着的"一堆鸡零狗碎的泼烦日子"的痛切感受,从细枝末节、鸡毛蒜皮的日常事入手的描写,细流蔓延,直达本质的真实。从某种角度而言,也是对近年来许多临空高蹈、不无夸饰的宏大叙事的一种"拨乱反正"。《秦腔》看似日常、琐碎,实则坚韧、淡定。它显示出了贾平凹在叙事上一次冒险的"野心",一次白描炫技的成功。或许贾平凹比任何人都看清了在现代化、城市化浪潮的冲击下,新一代农村正不可避免地面临着古老的农村文化势不可挡的解体的洪流,因此,他借用中国最古老的剧种之一的秦腔,赋予它成为小说中一种民间文化载体的意义,同时利用这一传统文化的表征,讲述农村宿命般地走向衰败萧瑟的必然,讲述他对"故乡"这块碑的挚诚。《秦腔》所表现的情感冲突,绝非剑拔弩张,而是一种渗透在农民骨子里、浸透在日常生活的嬗变中的一种无奈;一种所有人都被裹挟到浪潮中的身不由己。热爱土地而又无法守住土地、一步步从土地出走的农民带给作家的道义和矛盾、忧患与焦灼、迷惘和悲凉,使贾平凹付出书写挽歌的情感,写下了原来乡村生活及其文化形态的分崩离析,写下了"中国一等伤心人"的心酸之情。

【作者介绍】

贾平凹(1952—),原名贾平娃,后改称"平凹",陕西省商洛市丹凤县人,中国大陆当代著名作家,被誉为"鬼才"。从1973年开始发表作品,1982年后从事专业创作,目前已出版的作品版本达300余种,并获得众多文学奖项。他是当代中国一位最具叛逆性、创造精神和广泛影响的作家,也是当代中国可以进入世界文学史册的为数不多的著名文学家之一。贾平凹的写作,既传统又现代,既写实又高远,语言朴拙、憨厚,内心却波澜万丈。他的著作,以精微的叙事,紧密的细节,成功地仿写了一种日常生活的本真状态,并对变化中的乡土中国所面临的矛盾、迷茫,做了充满赤子情怀的记述和解读。他笔下的喧嚣,藏着哀伤;热闹的背后,是一片寂寥,是巨大的沉默。

【知识链接】

1. "鬼才"贾平凹的"商州系列"

"商州",承载了贾平凹太多的情感。他对城市和乡村交织着复杂感情,深入了《商州》感人肺腑的爱情中。贾平凹作品以商州为题的就有《商州初录》《商州又录》《商州再录》(合称《商州三录》)以及《商州》(长篇小说)、《商州世事》(中篇小说)、《商州散记》(散文集)等。其商州系列作品给人最突出的印象是贾平凹有自己独特的艺术视角,他对故乡商州的民俗心态洞若观火。贾平凹笔下的商州是迷人的,上及远古,下迄当代,无论是传说、历史,还是民风民情。贾平凹都写得清新而又幽怨,古朴而又美丽,自然而又真实,似梦似幻而又非梦非幻。《鸡窝洼的人家》《浮躁》《怀念狼》《高老庄》以及《秦腔》等,均是以商州为写作背景的。

2. 推荐作品

贾平凹《商州》《浮躁》《废都》《高老庄》《白夜》《怀念狼》《高兴》

第六课 《红与黑》

【作品推荐】

【作品赏析】

　　《红与黑》成书于1830年,是司汤达的代表作,欧洲批判现实主义文学的奠基作。小说发表后,当时的社会流传"不读《红与黑》,就无法在政界混"的谚语。小说围绕主人公于连个人奋斗的经历与最终失败,尤其是对他的两次爱情的描写,广泛地展现了"19世纪初30年间压在法国人民头上的历届政府所带来的社会风气",强烈地抨击了复辟王朝时期贵族的反动,教会的黑暗和资产阶级新贵的卑鄙庸俗,利欲熏心。因此小说虽以于连的爱情生活作为主线,但毕竟不是爱情小说,而是一部"政治小说"。

　　作者以1815至1830年波旁王朝第二次复辟时期的社会生活为背景,通过平民出身的于连的个人奋斗经历和悲惨结局,深刻地展现了那个时代错综复杂的政治斗争,无情地揭露了反动教会和王公贵族复辟势力的种种罪恶,真实地显示了这个王朝的腐朽本质。于连作为作品的主人公,是司汤达精心刻画的人物。我们阅读这部作品时,对这个人物应该有个正确的认识和评价。出身于木匠家庭的于连,在社会上没有地位,是受轻蔑的下等人,而他在家里又被他的父亲和两个哥哥看作无用的废物,经常遭到打骂。所以,他从小就有心灵的创伤和反抗的心理。14 岁以前,他在拿破仑的时代度过,教他识字念书的是一位老军医,他读过卢梭的《忏悔录》、拿破仑的《出征公报节录》和《圣爱伦回忆录》。他想学拿破仑,即使在复辟时期也是这样。为此他想去从军,希望有朝一日像拿破仑一样,身佩长剑,做世界的主人。后来他看到 40 岁左右的神父便有 10 万法郎的俸金,等于拿破仑手下著名大将收入的三倍,皇帝和王公大臣也要向神父叩头,又觉得当神父好,于是,他跟老教士学神学,凭着超人的记忆力,背出全部拉丁文的《圣经》。不管是从军还是当神父,他的目的都是为了改变自己的地位、向上爬,"宁可冒九死一生的危险,也得发财"。有了财产,就有了一切。这个目标支配了于连一生的活动,构成了他性格的主要特征。

当社会阻碍于连这个目的的实现的时候,于连是相当敏感的,他下决心同社会作战。这实际上就把自己和统治阶级对立起来,和不平等地对待他的周围环境对立起来。他尖锐地揭露维立叶尔寄养所所长哇列诺剥削掠夺穷人的行径,表达了对包括他自己处境在内的现实的看法。

显而易见,司汤达没有完全赞同于连的所作所为,他对于连的野心、欺骗和虚伪也有某些批评,但从总体上看,作者是把他作为在平民中间产生出来的"英雄"而热情地给以描绘和歌颂的。这是由作者的思想局限决定的,我们今天看待这个人物,应该进行科学的分析,既要看到他在当时进行个人反抗的进步性,也要看到他反抗的阶级实质和应当否定的东西。

我们还要注意,《红与黑》围绕着于连这个人物的一生活动,反映了当时社会的矛盾斗争,是有很高的认识价值的。比如,教会势力是庞大而无孔不入的,贵族依靠教会来统治,但教会和贵族之间也存在钩心斗角。作者在作品中所批判的这一些,对于我们认识法国波旁王朝复辟的社会现状,加深对这一反动社会的憎恶,从中接受教育,是有好处的。

【作者介绍】

马利·亨利·贝尔(1783—1842),笔名"司汤达"更为有名,是 19 世纪法国杰出的批判现实主义作家。他出生于法国格诺布尔城的一个资产阶级家庭,早年丧母,父亲是一个有钱的律师,信仰宗教,思想保守,司汤达在家庭中受到束缚和压抑,从小就憎恶他父亲。他的一生并不长,去世时不到 60 岁,而且他在文学上起步很晚,三十几岁才开始发表作品。然而,他却给人类留下了巨大的精神遗产,包括数部长篇,数十个短篇和故事,数百万字的文论、随笔和散文,游记。他以准确的人物心理分析和凝练的笔法而闻名。他被认为是最重要和最早的现实主义的实践者之一。最有名的作品是《红与黑》和《巴马修道院》。

【知识链接】

1. 司汤达的创作历程

司汤达从 1817 年发表了处女作《意大利绘画史》。不久,他首次用司汤达为笔名,发表了游记《罗马、那不勒斯和佛罗伦萨》。从 1823 年到 1825 年,他陆续发表了后来收在文论集《拉辛和莎士比亚》中的文章。此后,他转入小说创作。1827 年发表了《阿尔芒斯》,1828—1829 年写就《罗马漫步》,1829 年发表了著名短篇《瓦尼娜·瓦尼尼》。他的代表作《红与黑》于 1827 年动笔,1829 年脱稿。1832—1842 年,是司汤达最困难的时期,经济拮据,疾病缠身,环境恶劣,但也是他最重要的创作时期:有长篇小说《吕西安·娄万》(又名《红与白》),《巴马修道院》,长篇自传《亨利·勃吕拉传》,还写了十数篇短篇小说。在 1842 年 3 月 23 日司汤达逝世时,他手头还有好几部未完成的手稿。

2. 推荐作品

(法)莫里哀《伪君子》

(法)巴尔扎克《人间喜剧》《欧也妮·葛朗台》

(法)大仲马《基度山伯爵》《三个火枪手》

(法)小仲马《茶花女》

(法)福楼拜《包法利夫人》

(法)罗曼·罗兰《约翰·克里斯托夫》

(法)凡尔纳《海底两万里》

第七课 《巴黎圣母院》

【作品推荐】

 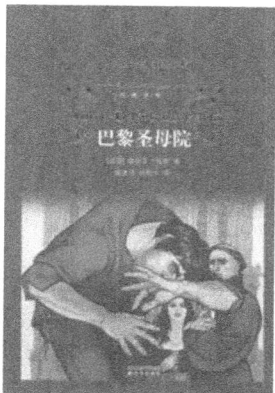 

【作品赏析】

《巴黎圣母院》(创作于 1831 年,又称《钟楼怪人》)是雨果第一部大型浪漫主义小说。它以离奇的对比手法写了一个发生在 15 世纪法国的故事:巴黎圣母院副主教克洛德道貌岸然、蛇蝎心肠,先爱后恨,迫害吉卜赛女郎爱斯美拉达;而面目丑陋、心地善良的敲钟人卡西莫多为救女郎舍身。小说揭露了宗教的虚伪,宣告了禁欲主义的破产,歌颂了下层劳动人民的善良、友爱、舍己为人,反映了雨果的人道主义思想。

小说《巴黎圣母院》艺术地再现了四百多年前法王路易十一统治时期的历史真实,宫廷与教会如何狼狈为奸压迫人民群众,人民群众怎样同两股势力作英勇斗争。小说中的反叛者吉卜赛女郎爱斯美拉达和面容丑陋的残疾人卡西莫多是作为真正的美的化身展现在读者面前的,而人们在副主教弗罗洛和贵族军人弗比思身上看到的则是残酷、空虚的心灵和罪恶的情欲。作者将可歌可泣的故事和生动丰富的戏剧性场面有机地连缀起来,使这部小说具有很强的可读性。小说浪漫主义色彩浓烈,它是运用浪漫主义对照原则的艺术范本。这部小说的发表,使雨果的名声更加远扬。

《巴黎圣母院》的情节始终围绕三个人展开:善良美丽的少女爱斯美拉达,残忍虚伪的圣母院副主教克洛德·弗罗洛和外表丑陋、内心崇高的敲钟人卡西莫多。

吉卜赛少女爱斯美拉达是巴黎流浪人的宠儿，靠街头卖艺为生。她天真纯洁，富于同情心，乐于助人。因为不忍心看见一个无辜者被处死，她接受诗人甘果瓦做自己名义上的丈夫，以保全他的生命；看见卡西莫多在烈日下受鞭刑，只有她会同情怜悯，把水送到因口渴而呼喊的敲钟人的唇边。这样一个心地善良的女孩，竟被教会、法庭诬蔑为"女巫""杀人犯"，并被判处绞刑。作者把这个人物塑造成美与善的化身，让她心灵的美与外在的美完全统一，以引起读者对她的无限同情，从而产生对封建教会及王权的强烈愤恨。

至于副主教克洛德和敲钟人卡西莫多，这是两个完全相反的形象。克洛德表面上道貌岸然，过着清苦禁欲的修行生活，而内心却渴求淫乐，对世俗的享受充满妒羡。他自私、阴险、不择手段。而卡西莫多，这个驼背、独眼、又聋又跛的畸形人，从小受到世人的歧视与欺凌。在爱斯美拉达那里，他第一次体验到人心的温暖，这个外表粗俗野蛮的怪人，从此便将自己全部的生命和热情寄托在爱斯美拉达的身上，可以为她赴汤蹈火，甚至为了她的幸福牺牲自己的一切。

在《巴黎圣母院》中，作者以极大的同情心描写了巴黎最下层的平民、流浪者和乞丐。他们衣衫褴褛、举止粗野，却拥有远远胜过那个所谓有教养的、文明的世界里的人的美德：互助友爱，正直勇敢和舍己为人的美德。小说中巴黎流浪人为救出爱斯美拉达而攻打圣母院的场面，悲壮、激烈、惊心动魄。

这种推向极端的美丑对照，崇高与邪恶的绝对对立，使小说具有一种震撼人心的力量，能卷走我们全部的思想情感。这也许正是浪漫主义小说的魅力所在。这部引起轰动效应的浪漫主义小说，奠定了雨果作为法国浪漫主义文学运动旗手和领袖地位。

【作者介绍】

维克多·雨果（1802—1885）是法国文学史上最伟大的作家之一，法国浪漫主义文学运动的领袖。雨果天资聪慧，9岁就开始写诗，10岁回巴黎上学，中学毕业入法学院学习，但他的兴趣在于写作。15岁时在法兰西学院写的《读书乐》受到法兰西学士院的奖励，17岁在"百花诗赛"得第一名，20岁出版诗集《颂诗集》，之后又写了大量极具异国情调的诗歌，后由于对法国波旁王朝和七月王朝的失望，成为共和党人。雨果思想活跃，既有资产阶级自由主义倾向，又同情刚刚兴起的无产阶级的革命，并反映到他的小说中。他的一生几乎跨越整个19世纪，他的文学生涯达60年之久，创作力经久不衰。他的浪漫主义小说精彩动人，雄浑有力，对读者具有永恒的吸引力。

【知识链接】

1. 浪漫主义文学

浪漫主义文学产生于 18 世纪末,在 19 世纪上半叶达到繁荣,是西方近代文学最重要的思潮之一。德国古典哲学和英法的乌托邦社会主义是浪漫主义文学的两大理论来源。在纵向上,浪漫主义文学是对文艺复兴时期人本主义理念的继承和发扬,也是对僵化的法国古典主义的有力反驳;在横向上,浪漫主义文学和随后出现的现实主义共同构成西方近代文学的两大体系,造就 19 世纪西方文学盛极一时的繁荣局面,对后来的现代主义和后现代主义文学产生了深远的影响。尤其是法国大革命的爆发对欧洲各国文化的影响都是巨大的,此后欧洲兴起了浪漫主义文学运动的潮流。浪漫主义文学热衷于描写个人失望与忧郁的"世纪病",并颂扬以个人与社会的对立为表现形式的反抗。

2. 推荐作品

(法)雨果《悲惨世界》《九三年》

(英)司各特《艾凡赫》

(美)梅尔维尔《白鲸》

(德)歌德《少年维特之烦恼》《浮士德》

第八课 《大卫·科波菲尔》

【作品推荐】

【作品赏析】

《大卫·科波菲尔》是19世纪英国批判现实主义大师查尔斯·狄更斯的一部代表作，也是英国小说家狄更斯的第八部长篇小说，被他称为"心中最宠爱的孩子"，于1849至1850年间，分20个部分逐月发表。全书采用第一人称叙事，融进了作者本人的许多生活经历。小说讲述了主人公大卫自幼年至中年的生活历程，以"我"的出生为源，将朋友的真诚与虚伪、爱情的幼稚与冲动、婚姻的甜美与琐碎、家人的矛盾与和谐汇聚成一条溪流，在命运的河床上缓缓流淌，最终流入宽容壮美的大海。其间夹杂各色人物与机缘，语言诙谐风趣，展示了19世纪中叶英国的广阔画面，反映了狄更斯希望人间充满善良正义的理想。

在《大卫·科波菲尔》这部具有强烈的自传色彩的小说里，狄更斯借用"小大卫自身的历史和经验"，从不少方面回顾和总结了自己的生活道路，反映了他的人生哲学和道德理想。

《大卫·科波菲尔》通过主人公大卫一生的悲欢离合，多层次地揭示了当时社会的真实面貌，突出地表现了金钱对婚姻、家庭和社会的腐蚀作用。小说中一系列悲剧的形成都是金钱导致的。摩德斯通骗娶大卫的母亲是觊觎她的财产；爱弥丽的私奔是经受不起金钱的诱惑；威克菲尔一家的痛苦，海姆的绝望，无一不是金钱造成的恶果。而卑鄙小人希普也是在金钱诱惑下一步步堕落的,最后落得个终身监禁的可耻下场。狄更斯正是从人道主义的思想出发,暴露了金钱的罪恶,从而揭开"维多利亚盛世"的美丽帷幕,显现出隐藏其后的社会真相。

当然,这种强烈的对比还反映着狄更斯本人的道德观:"善有善报,恶有恶报"。这部小说里各类主要人物的结局,都是沿着这条脉络设计的。如象征着邪恶的希普和斯提福兹最后都得到了应有的惩罚;而善良的人都找到了可喜的归宿。狄更斯希冀以这样的道德观来改造社会,消除人间罪恶。

《大卫·科波菲尔》在艺术上的魅力,不在于它有曲折生动的结构,或者跌宕起伏的情节,而在于它有一种现实的生活气息和抒情的叙事风格。狄更斯早期作品大多是结构松散的"流浪汉传奇",凭借灵感信笔挥洒的即兴创作,而本书则是他的中期作品,更加注重结构技巧和艺术的分寸感。狄更斯在本书第十一章中,把他的创作方法概括为"经验想象,糅合为一"。他写小说,并不拘泥于临摹实际发生的事,而是充分发挥想象力,利用生活素材进行崭新的创造。这部作品吸引人的是那有血有肉的人物形象,具体生动的世态人情,以及不同人物的性格特征。如大卫的姨婆贝西小姐,不论是她的言谈举止,服饰装束,习惯好恶,甚至一举手一投足,尽管不无夸张之处,但都生动地描绘出一个生性怪僻、心地慈善的老妇人形象。至于对女仆佩葛蒂的刻画,那更是惟妙惟肖了。小说中的环境描写,尤其是雅茅斯那场海上风暴,写得气势磅礴,生动逼真,令人有身临其境之感。

狄更斯也是一位幽默大师,小说的字里行间,常常可以读到他那诙谐风趣的联珠妙语和夸张的漫画式的人物勾勒。评论家认为《大卫·科波菲尔》的成就,超过了狄更斯其他的所有作品。

【作者介绍】

查尔斯·狄更斯(1812—1870),19 世纪英国批判现实主义小说家。出生于海军小职员家庭,10 岁时全家被迫迁入负债者监狱,11 岁就承担起繁重的家务劳动。他曾在黑皮鞋油作坊当童工,15 岁时在律师事务所当学徒,后来当上了审案记录员、报社派驻议会的记者。他只上过几年学,全靠刻苦自学和艰辛劳动而成为知名作家。他的小说特别注意描写生活在英国社会底层的"小人物"的生活遭遇,深刻地反映了当时英国复杂的社会现实。他一生共创作长篇小说 13 部半,中篇小说 20 余部,短篇小说数百篇,特写集一部,长篇游记两部,《儿童英国史》一部,以及大量演说词、书信、散文、杂诗。中年以后先后创办期刊《家常话》和《一年四季》两种,发现和培养了一批文学新人。

【知识链接】

1. 流浪汉小说

流浪汉小说是产生于 16 世纪中叶的一种新文学体裁，它起源于西班牙，是以流浪汉为主角的叙事作品。小说通过描写流浪汉的遭遇来讽刺当时的社会"。20 世纪以降，由于流浪汉小说的基本特征为越来越多的学者所体认，这一文学术语常常被用来指称"第一人称叙事体视角、插曲式结构、开放式结尾的描写流浪汉遭遇的叙事作品"。它以描写城市下层的生活为中心，从城市下层人物的角度去观察、分析社会上的种种丑恶现象，用人物流浪史的形式，幽默俏皮的风格，简洁流畅的语言，借主人公之口，抨击时政，指陈流弊，言语竭尽嘲讽夸张之能事，使读者在忍俊不禁之余，慨叹世道的不平和人生的艰辛。流浪汉小说对后来文学发展具有一定的思想意义和艺术价值。

2. 推荐作品

（英）狄更斯《雾都孤儿》《匹克威克外传》《双城记》

（英）夏洛特《简·爱》

（英）艾米莉《呼啸山庄》

（英）简·奥斯丁《傲慢与偏见》

（英）柯南·道尔《福尔摩斯探案集》

（英）乔纳森·斯威夫特《格列佛游记》

第九课 《战争与和平》

【作品推荐】

【作品赏析】

《战争与和平》问世至今,一直被人称为"世界上最伟大的小说"。这部卷帙浩繁的巨著具有史诗般广阔与雄浑的气势,它以战争问题为中心,以库拉金、包尔康斯基、劳斯托夫、别竺豪夫四家贵族的生活为线索,生动地描写了 1805 至 1820 年俄国社会的重大历史事件和各个生活领域:"近千个人物,无数的场景,国家和私人生活的一切可能的领域,历史,战争,人间一切惨剧,各种情欲,人生各个阶段,从婴儿降临人间的啼声到气息奄奄的老人的感情最后迸发,人所能感受到的一切欢乐和痛苦,各种可能的内心思绪,从窃取自己同伴的钱币的小偷的感觉,到英雄主义的最崇高的冲动和领悟透彻的沉思——在这幅画里都应有尽有。"作者对生活的大面积涵盖和整体把握,对个别现象与事物整体、个人命运与周围世界的内在联系的充分揭示,使这部小说具有极大的思想和艺术容量。作者把战争与和平,前线与后方、国内与国外、军队与社会、上层与下层联结起来,既全面反映了时代风貌,又为各式各样的典型人物创造了极广阔的典型环境。

这是一部人民战争的英雄史诗。托尔斯泰曾经表示:"在《战争与和平》里我喜欢人民的思想。"也就是说,作者力图在这部作品里表现俄国人民在反侵略战争中的爱国主义精神及其历史作用。在国家危急的严重关头，许多来自下层的俄军普通官兵同仇敌忾，浴血奋战，虽然战事一度失利，但精神上却始终占有压倒性的优势。老百姓也主动起来保家卫国，在人民群众中涌现出一大批像网升、杰尼索夫、谢尔巴狄那样的英雄人物。俄军统帅库图佐夫也因为体现了人民的意志，才具有过人的胆略和决胜的信心。整部小说以无可辩驳的事实证明了托尔斯泰的"人民战争的巨棒以全部威严雄伟的力量"赶走了侵略者的思想。

主人公安德烈、彼埃尔和娜塔莎都是作者喜爱的正面形象。安德烈和彼埃尔是探索型的青年贵族知识分子。小说中，这两个人物在性格和生活道路上形成了鲜明的对比。安德烈性格内向，意志坚强，有较强的社会活动能力，他后来投身军队和参与社会活动，在严酷的事实面前逐步认识到上层统治阶级的腐败和人民的力量。彼埃尔心直口快，易动感情，缺少实际活动能力，更侧重于对道德理想的追求，后来在与人民的直接接触中精神上得到了成长。女主人公娜塔莎与两位主人公的关系使她成为小说中重要的连缀人物，而这一形象本身又是个性鲜明、生气勃勃的。小说充分描写了娜塔莎热烈而丰富的情感，她与人民和大自然的接近，她的民族气质，以及她在精神上的成长。

在这部作品中，托尔斯泰有力地拓宽了长篇小说表现生活的幅度，并在传统的史诗体小说和戏剧式小说的基础上创造了一种比较成熟的形态。《战争与和平》恢宏的构思和卓越的艺术描写震惊世界文坛，成为举世公认的世界文学名著和人类宝贵的精神财富。英国作家毛姆及诺贝尔文学奖得主罗曼·罗兰称赞它是"有史以来最伟大的小说"，"是我们时代最伟大的史诗，是近代的《伊利亚特》"。

【作者介绍】

列夫·托尔斯泰（1828—1910），俄国小说家、评论家、剧作家和哲学家，同时也是非暴力的基督教无政府主义者和教育改革家，19世纪俄罗斯文学写实主义的代表作家，公认的最伟大的俄罗斯文学家。他出身名门贵族，其谱系可以追溯到16世纪，远祖从彼得一世时获得封爵。但他1岁半丧母，9岁丧父，由姑妈将他抚养长大。在青年时代因小说《童年》获得过屠格涅夫的赞扬。托尔斯泰著有《战争与和平》《安娜·卡列尼娜》《复活》这几部被视作经典的长篇小说，被认为是世界最伟大的作家之一。高尔基曾言："不认识托尔斯泰者，不可能认识俄罗斯。"在文学创作和社会活动领域，他还提出了"托尔斯泰主义"，对很多政治运动有着深刻影响。

【知识链接】

1. 批判现实主义文学

批判现实主义文学，是流行于19世纪欧洲等地区的一种文学流派。批判现实主义作家在自己的作品中，广阔而深刻、真实而生动地反映了社会风俗、人情、国民性和社会矛盾；深入地批判了资本主义社会的精神童话，把人间的一切苦难，形象地昭示给人们。在艺术上多有创见，既是写实的，又具有倾向性。其中在典型环境中再现某一阶层人物的典型性格的创作方法，使作品达到了思想性与艺术性的高度统一，具有深刻的认识价值和审美价值。同时，在批判现实主义真实而又矛盾的艺术世界里，处处响彻着人道主义者们自信而困惑的颤音。批判现实主义特别注重描写底层社会及"小人物"的悲剧命运，对社会现实的强烈批判在客观上表达了广大人民群众对资本主义制度的不满和抗议。

2. 推荐作品

（俄）陀思妥耶夫斯基《罪与罚》

（俄）列夫·托尔斯泰《复活》《安娜·卡列尼娜》

（俄）契诃夫《装在套子里的人》《变色龙》

（俄）果戈理《死魂灵》《钦差大人》

（俄）高尔基《童年》

（俄）奥斯特洛夫斯基《钢铁是怎样炼成的》

（俄）肖洛霍夫《静静的顿河》

第十课 《飘》

【作品推荐】

【作品赏析】

　　《飘》是美国女作家玛格丽特·米切尔(1900—1949)十年磨一剑的作品，也是唯一的作品。《飘》称得上有史以来最经典的爱情巨著之一。由费雯丽和克拉克·盖博主演的影片亦成为电影史上"不可逾越"的最著名的爱情片经典。这是一部具有浪漫主义色彩、反映南北战争题材的小说。主人公斯佳丽身上表现出来的叛逆精神和艰苦创业、自强不息的精神，一直令读者为之倾倒。美国南北战争前夕，佐治亚州塔拉庄园16岁的斯佳丽小姐疯狂地爱着邻居阿希礼。战争爆发后，阿希礼与他的表妹玫兰妮结了婚，斯佳丽一怒之下，嫁给了自己并不爱的查尔斯。不久，查尔斯在战争中病死，斯佳丽成了寡妇。在一次募捐舞会上，她与瑞德·巴特勒船长相识。战火逼近亚特兰大，斯佳丽在瑞德船长的帮助下逃离亚特兰大，回到塔拉庄园。看到昔日庄园已变成废墟，斯佳丽决心重振家园，为此不惜一切代价。不久，斯佳丽的第二任丈夫弗兰克在决斗中身亡，她再度守寡。瑞德真诚而热烈地爱着斯佳丽，不久斯佳丽嫁给了瑞德。虽然瑞德身上有同她类似的气质特征吸引着她，但她仍迷恋着少年时爱过的阿希礼。瑞德最终带着伤心离开了斯佳丽，而斯佳丽此时却意识到瑞德才是唯一能和她真正相爱的人。小说以美国南北战争为背景，主线是好强、任性的庄园主小姐斯佳丽纠缠在几个男人之间的爱恨情仇,与之相伴的还有社会、历史的重大变迁,旧日熟悉的一切一去不返……《飘》既是一首人类爱情的绝唱,又是一幅反映社会政治、经济、道德诸多方面巨大而深刻变化的宏大历史画卷。

小说1936年问世以来,一直畅销不衰,不仅在美国,在全世界都受到广大读者的喜爱。现已被公认是以美国南北战争为历史背景的爱情小说的经典之作。小说以亚特兰大及附近的一个庄园为故事场景,描绘了美国内战前后南方人的生活。作品刻画了那个时代的许多南方人的形象,占中心位置的人物斯佳丽、瑞德、阿希礼、梅勒尼等人是其中的典型代表。他们的习俗礼仪、言行举止、精神观念、政治态度,以至于衣着打扮等,在小说里都叙述得十分详尽,可以说小说成功地再现了那个时代美国南方地区的社会生活。

小说最吸引人的地方是斯佳丽的个性以及她的爱情故事。从她的少女时代——初为人妇——丧夫——再婚,原本天真幼稚的女主角斯佳丽在不断地成长、成熟。因此,在作者笔下的众多人物里,女主角斯佳丽的艺术形象无疑是塑造得最圆满、最真实、最成功的。斯佳丽是个矛盾体,她的爱情不是充满诗意和浪漫情调的那一种,而是现实的和功利的。为了达到目的,她甚至不惜使用为人所不齿的狡诈伎俩。她的爱情故事为什么还那么引人入胜呢?原因很简单,这就是真实,是小说所设置的情景下完全可能发生的真实情况。真实的东西可能并不崇高,但更接近人们的生活,因而也更受读者喜爱。

【作者介绍】

玛格丽特·米切尔(1900—1949),美国现代著名女作家,曾获文学博士学位,担任过《亚特兰大新闻报》的记者。出身于律师家庭,曾就读于马萨诸塞州的史密斯学院,后因母亲病逝,不得不中途退学主持家务。从1922年起,她开始用自己的昵称"佩吉"为《亚特兰大日报》撰稿。在经历了一次失败的婚姻之后,玛格丽特于1925年与约翰·马施结婚。1926年,由于腿部负伤,玛格丽特辞去工作。在丈夫的鼓励下,她开始致力于创作,十年后完成了《飘》。1949年,她不幸被车撞死。她短暂的一生并未留下太多的作品,只留下了大量书信,她的书信集题名为《玛格丽特·米切尔的"飘":书信集》。但只一部《飘》足以奠定她在世界文学史中不可动摇的地位。

【知识链接】

1. 南北战争

南北战争,又称"美国内战",是美国历史上最大规模的内战,参战双方为北方的美利坚联邦和南方的美利坚联盟国。这场战争的起因为美国南部十一州以林肯于1861年就任总统为由而陆续退出联邦,另成立以杰斐逊·戴维斯为"总统"的政府,并驱逐驻扎在南方的联邦军，以至林肯下令攻打"叛乱"州，战争最终以北方获胜结束。南北战争是美国历史上的第二次资产阶级革命，它维护了国家统一，废除了奴隶制度，进一步扫除了资本主义发展的障碍，使美国迅速成为工业化强国，但并没有彻底消除种族歧视，黑人仍然受到不平等的待遇。此次战争不但改变了当时美国的政治经济情势，导致了奴隶制度在美国南方被最终废除，也对日后美国的民间社会产生巨大的影响。

2. 推荐作品

（古希腊）荷马《伊利亚特》

曲波《林海雪原》

李英儒《野火春风斗古城》

李存葆《高山下的花环》

（美）海明威《第五纵队》《老人与海》

（美）海伦·凯勒《假如给我三天光明》

（美）欧·亨利《最后一片藤叶》

第二章
名诗欣赏

第一课 《望秦川》

【作品推荐】

望秦川

唐·李颀

秦川朝望迥,日出正东峰。
远近山河净,逶迤城阙重。
秋声万户竹,寒色五陵松。
客有归欤叹,凄其霜露浓。

【作品赏析】

我清晨从长安出发,回头东望,离秦川已经很远了,太阳从东峰上冉冉升起。天气晴朗,远处的山水明洁清净，可清清楚楚地看见；长安城蜿蜒曲折，重重叠叠，宏伟壮丽。秋风吹起，家家户户的竹林飒飒作响，五陵一带的松林蒙上一层寒冷的色彩。我感叹这里霜寒露冷，还是回去吧。

《望秦川》是唐代诗人李颀的作品。这首诗是诗人将归东川，临离长安时，眺望秦川之作。诗以明净的色调，简洁的笔触，描绘出长安一带山川明净而阔朗的秋天景色，表达了诗人看到秋景想起了官场上的失意，触发了离别长安的悲凉心情。

"秦川朝望迥，日出正东峰"，清晨，遥望辽阔的秦川大地，太阳刚刚从东面苍凉的峰峦间隙中显露出来，照得长安、渭水一片苍翠。一个"迥"字，将渭河平原的辽远开阔，准确地表现了出来。红日东升，本是极其绚丽多彩的景色，但是由于诗人的心境不佳，这美景也随着萧瑟的秋风显得肃穆苍凉。

太阳升起来了，将大地照得十分清洁、明净，一切都能看得清清楚楚、明明白白。远处山葱草翠，近处渭水泛波。那蜿蜒起伏、逶迤连绵的城阙正是帝都长安。这"远近山河净，逶迤城阙重"句中的"净"字和"重"字，将长安城周围的庄重肃穆，秋色的苍劲凄清，传神地点染出来。

接着，诗人进一步渲染秋的悲凉气氛。"秋声万户竹，寒色五陵松"中的"五陵"，指位于长安城北、东北、西北的汉代五个皇帝的陵墓：长陵（高祖刘邦）、安陵（惠帝刘盈）、阳陵（景帝刘启）、茂陵（武帝刘彻）、平陵（昭帝刘弗陵）。汉代豪门贵族曾聚居于此。这两句是说，帝都附近，家家有竹，秋风袭来，竹摇叶动，萧萧飒飒，五陵松柏，葱郁苍翠，微风吹动，松涛声响，更给长安增添了几分寒意。

前面的诗句在着意渲染气氛，结尾两句则是要说明写此诗的原意。诗人"望秦川"是因为"客有归欤叹，凄其霜露浓"。诗人才华出众，为时人所推重，四十五岁中进士后，只任过新乡县尉那样的小官，而且长期不得升迁，而现在就要返乡，诗人郁郁不得志而有"归欤"之叹。"客"是作者自指，因为当时在外做官是作客他乡，而辞官回乡叫"归"。"凄其"就是凄然，心情悲凉的样子。"霜露浓"是比喻官场上不得志，就像是遭受风霜雨露那样，萎靡不振失去生机。尾联是全诗的主旨，表明了作者辞官归隐的决心。

这首抒情诗，对秋景的描述极为生动细致的，它不但用悲凉的气氛烘托了诗人的心境，而且将秦川大地的秋色呈献在读者面前，是一首不可多得的情景交融的诗篇。

【作者介绍】

李颀（生卒不详），祖籍赵郡（今河北赵县），长期居住颍阳（今河南登封西）。足以表现他的诗歌成就的大致有以下三个方面。边塞诗：如《古意》《古从军行》，以豪迈的语调写塞外的景象，揭露封建帝王开边黩武的罪恶，情调悲凉沉郁。描写音乐的诗篇：如《听董大弹胡笳弄兼寄语房给事》《听安万善吹觱篥歌》，记述的是当时自西域传入的新声，可以看出唐朝文化艺术的多方面发展。寄赠友人之作：有《送陈章甫》《别梁锽》《送康洽

入京进乐府歌》《赠张旭》等,着力描叙一些不得施展怀抱的、有才能的人物。诗中刻画人物栩栩如生,体现了古典诗歌的艺术技巧。

【知识链接】

1. 唐诗概况

千百年来,人们总是把一个朝代的名称——"唐",和一种文学的体裁——"诗",紧密地结合在一起,组成了一个约定俗成的专有名词——"唐诗"。在后人心目中,"唐诗"这个名词本身就标志着登峰造极的诗歌成就。

唐代诗歌的发展,大致可以分为初唐、盛唐、中唐、晚唐四个阶段。初唐时期将近一百年,时间跨度最大,在风格、意境、声律等诸多方面为盛唐诗歌高峰的到来做了充分的准备;盛唐约50年,这是唐诗的鼎盛时期,其中浪漫主义诗人李白的诗歌和现实主义诗人杜甫的诗歌最为出众;中唐约70年,这是唐诗继续兴盛的时期;晚唐约70年,这一时期在诗坛上占据显要地位的是李商隐、杜枚等人。

2. 推荐作品

李颀《古从军行》

第二课 《村行》

【作品推荐】

村　行

宋·王禹偁

马穿山径菊初黄，信马悠悠野兴长。

万壑有声含晚籁，数峰无语立斜阳。

棠梨叶落胭脂色，荞麦花开白雪香。

何事吟馀忽惆怅？村桥原树似吾乡。

【作品赏析】

《村行》是一首七言律诗，是王禹偁在宋太宗淳化二年被贬为商州团练副使时写的。诗中的内容大概是说诗人骑在马上,一路安闲地欣赏着沿途的风光,听黄昏时山谷的声响,突然发现眼前村庄里的小桥和原野上的树木,与自己故乡的十分相似,因而产生了思乡的愁绪。

这首诗是北宋王禹偁即景抒情小诗中的代表作之一。

开头两句,交代了时、地、人、事。时令是秋季,这是以"菊初黄"间接交代的;地点是山间小路,这是以"山径"直接点明的;人物是作者本人,这是从诗的结句中的"吾"字而得出的结论;事情是作者骑马穿山间小路而行,领略山野旖旎的风光,这是从诗行里透露出来的消息。这两句重在突出作者悠然的神态、浓厚的游兴。

三、四两句分别从听觉与视觉方面下笔。前句写傍晚秋声万壑起,这是耳闻;后句写数峰默默伫立在夕阳里,这是目睹。这里,"有声"与"无语"两种截然不同的境界相映成趣,越发显示出山村傍晚的沉寂。尤其值得一提的是:"数峰"句写数峰宁静,不从正面着墨,而从反面出之,读来饶有情趣。这正如钱钟书先生在《宋诗选注》中所说的"山峰本来是不能语而'无语'的,王禹偁说它们'无语'或如龚自珍《己亥杂诗》说'送我摇鞭竟东去,此山不语看中原',并不违反事实;但是同时也仿佛表示它们原先能语、有语、欲语而此刻忽然'无语'。这样,'数峰无语''此山不语'才不是一句不消说得的废话……"

五、六两句进一步描写山村原野的景色,作者选择了"棠梨"与"荞麦"这两种具有秋日山村特征的事物来加以描绘,用"胭脂"和"白雪"分别比喻"棠梨叶落"的红色与"荞麦花开"的白色,把山村原野写得色彩斑斓,可谓有色有味。

作者在这六句诗里为我们描绘了一幅色彩斑斓、富有诗意的秋日山村晚晴图,较好地体现了宋人"以画入诗"的特点。

诗的最后两句由写景转入抒情。前句设问,写诗人在吟诗之后不知为什么忽然感到闷闷不乐;后句作答,原来是诗人因蓦然发现村桥原野上的树像他故乡的景物而产生了思乡之情。这样写,就使上文的景物描写有了着落,传神地反映出了作者的心情由悠然至怅然的变化,拓深了诗意。

【作者介绍】

王禹偁(954—1001),字元之,济州巨野(今山东省巨野县)人,出身贫苦。他是宋太宗太平兴国八年(983)进士,历任州县官吏、左司谏、直史馆、翰林学士、知制诰等职。《宋史》本传言其为人刚正不阿,"遇事敢言,喜臧否人物,以直躬行道为己任",因此"其为文著书,多涉规讽,以是颇为流俗所不容"。他生性耿直,对朝政直言敢谏,曾三次被贬官,作《三黜赋》明志:"屈于身而

不屈于道兮,虽百谪而何亏!"咸平四年(1001)卒于苏州,后世称王黄州。有《小畜集》三十卷,《小畜外集》十三卷传世。

【知识链接】

1. 宋词概况

宋词是继唐诗之后的又一种文学体裁。初期作品大都极尽艳丽浮华，流行于市井酒肆之间，是一种通俗的艺术形式，词题材还仅限于描写闺情花柳、笙歌饮宴等方面，所以虽然艺术成就上已经达到了相当的水准，但是在思想内涵上层次还不够。宋代初期的词一开始也是沿袭这种词风，追求华丽辞藻和对细腻情感的描写。当时的词被认为是一种粗俗的民间艺术，难登大雅之堂。但是随着词在宋代的文学中占据越来越重要的地位，词的内涵也在不断地充实和提高。逐渐宋词已经不仅限于文人士大夫寄情娱乐和表达儿女之情的玩物，更寄托了当时的士大夫对时代、对人生乃至对社会政治等各方面的感悟和思考。至此，宋词彻底跳出了歌舞艳情的巢窠，升华为一种代表了时代精神的文化形式。

2. 推荐作品

王禹偁《寒食》

第三课 《赞美》

【作品推荐】

赞 美

穆 旦

走不尽的山峦和起伏,河流和草原,
数不尽的密密的村庄,鸡鸣和狗吠,
接连在原是荒凉的亚洲的土地上,
在野草的茫茫中呼啸着干燥的风,
在低压的暗云下唱着单调的东流的水,
在忧郁的森林里有无数埋藏的年代。
它们静静地和我拥抱:
说不尽的故事是说不尽的灾难,沉默的
是爱情,是在天空飞翔的鹰群,
是干枯的眼睛期待着泉涌的热泪,
当不移的灰色的行列在遥远的天际爬行;
我有太多的话语,太悠久的感情,
我要以荒凉的沙漠,坎坷的小路,骡子车,
我要以槽子船,漫山的野花,阴雨的天气,
我要以一切拥抱你,你,
我到处看见的人民啊,
在耻辱里生活的人民,佝偻的人民,
我要以带血的手和你们一一拥抱。
因为一个民族已经起来。

一个农夫,他粗糙的身躯移动在田野中,
他是一个女人的孩子,许多孩子的父亲,
多少朝代在他的身上升起又降落了

而把希望和失望压在他身上，
而他永远无言地跟在犁后旋转，
翻起同样的泥土溶解过他祖先的，
是同样的受难的形象凝固在路旁。
在大路上多少次愉快的歌声流过去了，
多少次跟来的是临到他的忧患；
在大路上人们演说，叫嚣，欢快，
然而他没有，他只放下了古代的锄头，
再一次相信名词，溶进了大众的爱，
坚定地，他看着自己溶进死亡里，
而这样的路是无限的悠长的
而他是不能够流泪的，
他没有流泪，因为一个民族已经起来。

在群山的包围里，在蔚蓝的天空下，
在春天和秋天经过他家园的时候，
在幽深的谷里隐着最含蓄的悲哀：
一个老妇期待着孩子，许多孩子期待着
饥饿，而又在饥饿里忍耐，
在路旁仍是那聚集着黑暗的茅屋，
一样的是不可知的恐惧，一样的是
大自然中那侵蚀着生活的泥土，
而他走去了从不回头诅咒。
为了他我要拥抱每一个人，
为了他我失去了拥抱的安慰，
因为他，我们是不能给以幸福的，
痛哭吧，让我们在他的身上痛哭吧，
因为一个民族已经起来。

一样的是这悠久的年代的风，
一样的是从这倾圮的屋檐下散开的
无尽的呻吟和寒冷，
它歌唱在一片枯槁的树顶上，
它吹过了荒芜的沼泽，芦苇和虫鸣，
一样的是这飞过的乌鸦的声音。
当我走过，站在路上踟蹰，
我踟蹰着为了多年耻辱的历史

仍在这广大的山河中等待，

等待着，我们无言的痛苦是太多了，

然而一个民族已经起来，

然而一个民族已经起来。

【作品赏析】

　　《赞美》一诗写作于 1941 年 12 月，全诗共分四节，恰如交响曲的四个乐章，涌动着激情。诗人开篇就为我们构筑了丰富的意象群：山峦、河流、草原、村庄、鸡鸣、狗吠、荒凉的土地、干燥的风、东流的水、忧郁的森林，仿佛用摄像机从高空俯拍到的异常辽阔却又满目疮痍的大地。紧接着，诗人又从历史的角度为我们讲述了过去年代里埋藏的无数故事。那不过是说不尽的灾难，美好的爱情沉默了，天空中飞翔的鹰群沉默了，这无尽的苦难已使泪眼干枯，如果哪一天能够重新流出激动的热泪也是值得期待的。

　　第一节诗人面对这土地和土地上痛苦生活的人民，内心充满了深沉的爱。人民衣衫褴褛，脊背弯曲，在饥饿里忍耐，在寒风中等待。诗人与他们是一起受难的，强烈的情感共鸣使诗人发出这样的心声："我要以带血的手和你们一一拥抱。/因为一个民族已经起来。"

　　第二、三节则把整体凝化为一个具体的形象，诗人赞美的目光和歌唱指向了一个具体的"农夫"，描写"农夫"关键时刻的重大抉择。他像祖祖辈辈一样在这块充满苦难沧桑的土地上生息繁衍，无言耕耘，肩捎希望和失望，承受了数不清的痛苦和灾难。当抗日的烽火燃起的时候，年轻人的热情感染了他；救亡图存、保家卫国的思想激励了他，他毅然"放下了古代的锄头"，坚定地加入到抗战的时代洪流中去。"放下古代的锄头"，一个极具视觉冲击力的特写镜头，蕴含着厚重深沉的历史情结，写出了"农夫"选择的果敢坚决和这种选择划时代的历史意义，令我们震惊于一个民族抗争的勇毅！第三节讴歌农夫激昂大义、蹈死不顾的勇武和崇高。他毅然决然地踏上了抗战的征程后，从不回头，从不诅咒，哪怕抛妻别子，哪怕背井离乡，哪怕流血牺牲。这是怎样的一种坚毅和勇绝！我们的民族也正因为这种坚毅和勇绝，而一定能够战胜入侵的豺狼！所以诗人说，"为了他，我要拥抱每一个人"。这拥抱又包容了多少感奋，多少觉醒啊！"让我们在他身上痛哭吧！"固然有痛悼英烈，沉重悲哀的意思，但更有追慕忠魂，前赴后继，浴血奋战的勇敢和决绝！因为我们坚信，一个民族已经起来！

　　诗的第四节就像交响乐的最后乐章，它回复了主题，总托了全诗。三个"一样的"表明我们耻辱的历史是那样的漫长。中华民族饱经摧残，备受欺凌，人民忍辱负重，生活步履维艰。"我们无言的痛苦是太多了"，但是中华民族却是坚实而富有生命力的。作者从人民身上看到了民族潜在的巨大力量，由此发出了反复的咏叹："然而一个民族已经起来"。这首诗的题目是"赞美"，赞美什么呢？我想就是赞美生活在这片古老土地上的人民，赞美他们的坚忍，赞美他们由苦难走向抗争的觉醒，赞美整个民族的崛起！

　　袁可嘉把穆旦的《赞美》称为"带血的歌"。"本来无节制的悲痛往往沦为感伤，有损雄健之风，但穆旦没有这样，他在每个诗段结束处都以'一个民族已经起来'的宏大呼声压住了诗篇的阵脚，使它显得悲中有壮，沉痛中有力量。"袁可嘉的评价可谓是一语中的。这就是穆旦的《赞美》。

【作者介绍】

穆旦(1918—1977)，原名查良铮，生于天津，祖籍浙江海宁。1935 年，17 岁的穆旦考入清华大学外文系。两年后的 1937 年 7 月，抗日战争全面爆发了。穆旦作为护校队成员，随母校南迁长沙。1938 年，北京大学、清华大学、南开大学三校又由长沙迁往昆明，组成西南联大。穆旦和他的老师同学们徒步穿越了湘、黔、滇三省，全程 3500 华里，历时 68 天。穆旦离开了"渔网似的城市"，走过了"浓密的桐树，马尾松，丰富的丘陵地带"，在太子庙，他看到和闻到了"枯瘦的黄牛翻起泥土和粪香"，他注目"广大的中国人民"，"他们流着汗挣扎，繁殖"！西征的经历使本来就满怀爱国热情的穆旦与土地和人民更加心心相印，他的诗作也呈现出对国家、民族乃至全人类命运的深刻关切。1940 年西南联大毕业后留校任教。1949 年赴美国留学，入芝加哥大学学习。1952 年获文学硕士学位。1953 年回国，任南开大学外文系副教授。1977 年因心脏病突发去世。

【知识链接】

1. 现代诗歌概况

现代诗歌是指"五四运动"至中华人民共和国成立期间的诗歌，即 20 世纪上半叶以前的诗歌。中国近现代诗歌的主体为新诗，诞生于"五四"新文化运动，是适应时代的要求，以接近群众的白话语言反映现实生活，表现科学民主的革命内容，打破旧体诗格律形式束缚为主要标志的新体诗。"现代诗"的名称，于 1953 年纪弦创立"现代诗社"时确立。诗歌的分类有多种方法，根据不同的原则和标准可以划分为不同的种类，基本分为古典诗歌和现代诗歌。其中，现代诗歌又分为现代风体诗歌和现代格律诗歌。

2. 推荐作品

郭沫若《女神》

第四课 《这是四点零八分的北京》

【作品推荐】

这是四点零八分的北京
食 指

这是四点零八分的北京，
一片手的海洋翻动；
这是四点零八分的北京，
一声尖厉的汽笛长鸣。
北京车站高大的建筑，
突然一阵剧烈地抖动。
我吃惊地望着窗外，
不知发生了什么事情。
我的心骤然一阵疼痛，一定是
妈妈缀扣子的针线穿透了我的心胸。
这时，我的心变成了一只风筝，
风筝的线绳就在妈妈手中。
线绳绷得太紧了，就要扯断了，
我不得不把头探出车厢的窗棂。
直到这时，直到这时候，
我才明白究竟发生了什么事情。
——一阵阵告别的声浪，
就要卷走车站；
北京在我的脚下，
已经缓缓地移动。
我再次向北京挥动手臂，
想一把抓住她的衣领，
然后对她大声地叫喊：

永远记着我，妈妈啊，北京！
终于抓住了什么东西，
管他是谁的手，不能松，
因为这是我的北京，
是我的最后的北京。

【作品赏析】

这曾经是一首广为传诵的诗。不过，它是以"手抄本"的方式流传的。这种回归"原始"的流传方式，既暗示了此诗所遭受的特殊命运，又为其历史价值提供了某种证明。此诗不仅对它的作者，而且对它所在的那个时代都具有特别的意义，在近几年的一些论著中获得了很高的评价。有人认为："《这是四点零八分的北京》作为人文色彩强烈的时代文本流传下来，可以说是五六十年代唯一一首称得上诗的东西，一个见证性的孤本。"

从第一节铺叙告别的情景，到末节依依不舍的倾诉为止，构成了对一次离别经验的完整描述，其叙写的重心是置身于外部喧响中的内心感受。值得一提的是，它在处理具体的场面及其勾起的复杂思绪时，能够将可感的细节刻画与细微的心理波动交融起来，如"北京车站高大的建筑/突然一阵剧烈地抖动"二句，显然既是实际景象的观察，又是心理受到震动的表现；而"我的心骤然一阵疼痛，一定是/妈妈缀扣子的针线穿透了心胸"则将强烈的体验与想象性记忆联系起来，从而维护了个人感受的真切性。这些细节一方面包括"一片手的海浪翻动"等外部印象，另一方面更有对"妈妈缀扣子"的追忆。作者后来回顾说："我就是抓住了这几个细节，在到山西不几天之后，写成了《这是四点零八分的北京》。"（《写作点滴》）这种独特的片断式连缀手法，显然有别于同时代的诗歌。

就诗的外形来说，这首诗的显要特征是语句的单纯与匀称，并特别注重音韵在传达情感方面的调谐作用。全诗句式整齐，以"ong"韵和"ing"韵穿插其间，具有鲜明的节奏感和充分的感染力，适于传达情真意切的内心感受。这实际上是食指那一时期及后来诗歌写作的总体特点，例如《相信未来》《命运》等。然而，毋庸讳言的是，从这一点也可以看出食指的写作仍然无可避免地接受了当时诗歌风尚（何其芳、郭小川）的影响，后者在诗歌句式上的均齐、语调上的铿锵，不同程度地在他的一些诗篇里打上了烙印。当然，这些都难以掩盖食指诗歌的独立性，它们以天然的个人抒写保持了诗歌所应有的真实。

食指诗歌外形上的特点及其意义，正如评价所说："郭路生表现了一种罕见的忠直——对诗歌的忠直。即使生活本身是混乱的、分裂的，诗歌也要创造出和谐的形式，将那些原来是刺耳的、凶猛的东西制服；即使生活本身是扭曲的、晦涩的，诗歌也要提供坚固优美的秩序，使人们苦闷压抑的精神得到支撑和依托；即使生活本身是丑恶的、痛苦的，诗歌最终将是美的，给人以美感和向上的力量"。这也正是《这是四点零八分的北京》一诗的魅力所在。

【作者介绍】

食指(1948—),原名郭路生,山东鱼台人,高中学历。1967 年红卫兵运动落幕,在一代人的迷惘与失望中,诗人以深情的歌唱写下了《再也掀不起波浪的海》和《给朋友》这两首诗的后两节,那是一组催人泪下之作。1968 年写下名篇《相信未来》,1969 年赴山西汾阳杏花村插队务农,1971 年应征入伍,历任舟山警备区战士,北京光电研究所研究人员。1982 年开始发表作品。1997 年加入中国作家协会。他著有诗集《相信未来》(1968)、《食指·黑大春现代抒情诗合集》(1993)、《诗探索金库·食指卷》(1998),诗歌《鱼儿三部曲》(1967)、《海洋三部曲》(1964)、《这是四点零八分的北京》(1968)、《人生舞台》(1989)、《疯狗》(1978)、《热爱生命》(1979)、《我的心》(1982)、《落叶与大地的对话》(1985—1986)等。

【知识链接】

1. 当代诗歌概况

1917 年 2 月《新青年》刊出胡适的《白话诗八首》,现代诗歌诞生,次年再次刊出胡适、刘半农、沈尹默的白话诗。1920 年 3 月胡适的《尝试集》出版,中国文学史上首次出现了个人新诗集。此后更多的诗人开始白话诗的创作。1921 年 7 月,文学研究会成立,是新文学运动中最早的文学社团,代表诗人有鲁迅、冰心、朱自清、周作人等。1921 年 7 月,郭沫若等人成立"创造社",前期的创造社具有唯美抒情倾向,后有冯乃超等参加。1922 年 3 月湖畔诗人应修人、汪静之、潘漠华、冯雪峰四人在杭州结成诗社,形成了"湖畔诗派"。1923 年胡适、徐志摩、闻一多、梁实秋、陈源等成立"新月社",提倡现代格律待。1925 年早期象征诗派产生。

2. 推荐作品

卞之琳《断章》

第五课 《雪花的快乐》

【作品推荐】

雪花的快乐
徐志摩

假如我是一朵雪花，
翩翩的在半空里潇洒，
我一定认清我的方向——
飞扬，飞扬，飞扬，——
这地面上有我的方向。
不去那冷寞的幽谷，
不去那凄清的山麓，
也不上荒街去惆怅——
飞扬，飞扬，飞扬，——
你看，我有我的方向！
在半空里娟娟地飞舞，
认明了那清幽的住处，
等着她来花园里探望——
飞扬，飞扬，飞扬，——
啊，她身上有朱砂梅的清香！
那时我凭借我的身轻，
盈盈地，沾住了她的衣襟，
贴近她柔波似的心胸——
消溶，消溶，消溶——
溶入了她柔波似的心胸！

【作品赏析】

《雪花的快乐》无疑接近于一首纯诗（指瓦雷里所提出的纯诗）。在这里，现实的"我"被彻底抽空,雪花代替"我"出场,"翩翩的在半空里潇洒"。但这是被诗人意念填充的雪花,被灵魂附着的雪花,这是灵性的雪花,是人的精灵,它要为美而死。

值得回味的是,他在追求美的过程中丝毫不感痛苦、绝望,恰恰相反,他充分享受着所选择的自由、热爱的快乐。雪花"飞扬,飞扬,飞扬",这是多么坚定、欢快和轻松自由的执着,实在是自明和自觉的结果。而这个美的她,住在清幽之地,出入雪中花园,浑身散发朱砂梅的清香,心胸恰似万缕柔波的湖泊!她是现代美学时期永恒的幻象。对于诗人徐志摩而言,或许隐含着很深的个人对象因素,但身处其中而加入新世纪曙光的找寻,自然是诗人选择"她"而不是"他"的内驱力。

与阅读相反,写作时的诗人或许面对窗外飞扬的雪花热泪盈眶,或许独自漫步于雪花漫舞的天地间。他的灵魂正在深受囚禁之苦。现实和肉身的沉重正在折磨他。当"星月的光辉与人类的希望"令他唱出《雪花的快乐》,或许可以说,诗的过程本身就是灵魂飞扬的过程。这首诗共四节,与其说这四节韵律铿锵的诗具有起承转合的章法结构之美,不如说它体现了诗人激情起伏的思路之奇。

清醒的诗人避开现实藩篱,把一切展开建筑在"假如"之上。"假如"使这首诗定下了柔美、朦胧的格调,使其中的热烈和自由无不笼罩于淡淡的忧伤的光环里。雪花的旋转、延宕和最终归宿完全吻合诗人优美灵魂的自由、坚定和执着。这首诗的韵律是大自然的音籁、灵魂的交响。重复出现的"飞扬,飞扬,飞扬"织出一幅深邃的灵魂图画。难道我们还要诗人告诉我们更多东西吗?步入"假如"建筑的世界,人们往往不仅受到美的沐浴,还会萌发对美的守护。简单地理解纯诗,"象牙塔"这个词仍不过时,只是我们需有宽容的气度。《再别康桥》便是《雪花的快乐》之后徐志摩又一首杰出的纯诗。在大自然的美色、人类的精神之乡前,"我"轻轻地来,又轻轻地走,"不带走一片云彩"。这种守护之情完全是诗意情怀。而这又是与《雪花的快乐》中灵魂的选择完全相承。只当追求和守护的梦幻终被现实的锐利刺破之时,《风》才最后敞开了"不知道"的真相以及"在梦的轻波里依洄"的无限留恋和惆怅。

因此我们说,《雪花的快乐》、《再别康桥》和《风》之成为徐志摩诗风的代表作,不仅是表面语言风格的一致,更重要的是内在灵魂气韵的相吸相连。茅盾在三十年代即说:"我觉得新诗人中间的志摩最可以注意,因为他的作品最足供我们研究。"《徐志摩论》《雪花的快乐》是徐志摩诗第一集《志摩的诗》首篇。诗人自己这样的编排绝非随意。顺着《雪花的快乐》→《再别康桥》→《风》的顺序,我们可以看到纯诗能够抵达的境界,也可以感悟纯诗的极限。如是,对徐志摩的全景观或许会有另一个视角吧!

【作者介绍】

徐志摩,原名章垿,字槱森,留学英国时改名志摩,现代诗人、散文家,是一位在中国文坛上曾经活跃一时并有一定影响的作家,他的世界观是没有主导思想的,或者说是个超阶级的"不含党派色彩的诗人"。他的思想、创作呈现的面貌,发展的趋势,都说明他是个布尔乔

亚诗人，资产阶级作家。他的思想的发展变化，他的创作前后期的不同状况，是和当时社会历史特点关联着的。徐诗字句清新，韵律谐和，比喻新奇，想象丰富，意境优美，神思飘逸，富于变化，并追求艺术形式的整饬、华美，具有鲜明的艺术个性。他的散文也自成一格，取得了不亚于诗歌的成就，其中《自剖》《想飞》《我所知道的康桥》《翡冷翠山居闲话》等都是传世的名篇。

【知识链接】

1. "跑野马"

徐志摩的散文写作风格被称为"跑野马"：散文集个人的情感、人生的理想、社会的论说于一体，融合了哲理与诗情，形成了仅仅属于徐志摩的独特的散文艺术形式。其文意境美妙，身临其境；情感真挚，心态积极；想象丰富，联想万千；奇幻的艺术构思、典雅的诗情画意、华丽的语言风格都是徐志摩散文的艺术特色。总之，徐志摩的散文具有自己的独特风格，体现了与众不同的个性色彩，无论是在题材的选择上，还是在构思的方法上，无论是诗情画意的熔铸方面，还是在语言的运用方面，他的散文都体现了自己的独特个性，形成了徐志摩式的独特风格。徐志摩的散文也有相当大的成就，在 1925 年到 1926 年期间，徐志摩完成了《落叶》《自剖》《巴黎的鳞爪》三个散文集，1929 年创作了单篇散文《秋》。

2. 作品推荐

徐志摩《我所知道的康桥》

第六课　《未选择的路(The Road Not Taken)》

【作品推荐】

未选择的路(The Road Not Taken)

罗伯特·弗罗斯特

Two roads diverged in a yellow wood,
And sorry I could not travel both
And be one traveler, long I stood
And looked down one as far as I could
To where it bent in the undergrowth.
Then took the other, as just as fair,
And having perhaps the better claim,
Because it was grassy and wanted wear;
Though as for that the passing there
Had worn them really about the same.
And both that morning equally lay
In leaves no step had trodden back.
Oh, I kept the first for another day!
Yet knowing how way leads on to way,
I doubted if I should ever come back.
I shall be telling this with a sigh
Somewhere ages and ages hence:
Two roads diverged in a wood, and I —
I took the one less traveled by,
And that has made all the difference.

黄色的树林里分出两条路，
可惜我不能同时去涉足，
我在那路口久久伫立，
我向着一条路极目望去，
直到它消失在丛林深处。
但我却选择了另外一条路，
也许这条路更值得我向往，
因为它荒草萋萋，十分幽寂；
虽然在这两条小路上，
都很少留下旅人的足迹；
虽然那天清晨落叶满地，
两条路都未经脚印污染。
呵，留下一条路等改日再见！
但我知道路径延绵无尽头，
恐怕我难以再回返。
也许多少年后在某一个地方，
我将轻声叹息把往事回顾：
一片森林里分出两条路——
而我却选择了人迹更少的一条，
从此决定了我一生的道路。

【作品赏析】

这是一首哲理抒情诗，写于 1915 年，自问世以来，广为流传，成为美国诗歌中的名篇。

诗人给我们描绘了这样一幅画面：两条路在黄色的树丛中叉开，一条路蜿蜒地进入丛林深处；一条路长满茸茸的绿草，作为过客的"我"在岔路前犹豫、徘徊，因为两条路虽然风格不同，但都美丽、平坦、覆满落叶，以同样的魅力吸引着我，等待着踏践，而"我"只能选择其一。如果仅仅是两条路的选择，诗人也不需踌躇再三，在这里"路"有更深的含义，它象征着人生的旅途，诗人面临的是人生道路的选择，难怪他难以举足。因为无论这种选择是明智还是糊涂，我们都不能回到原来的岔路重新开始。

这首诗揭示了人的一个根本问题——选择。弗罗斯特避免直言这两条路代表着什么，对选择的具体内容没有任何暗示，诗人所要阐明的仅仅是选择本身。诗中描绘的是一个面临选择的人和他在进行选择时的心态，这个人是弗罗斯特，也是我们。选择是人生经验中的一个方面，在生活中，我们每个人都面临着选择，人生就是由无数次选择组成的。同一时刻同样的机遇，我们只能选择其一。当我们沿着自己选定的道路前行时，常常会对那条未选择的路怀着深深的眷恋。如果走那条路又会怎样？也许更奇伟、瑰丽，也许更平凡、黯淡，不管怎样，我们都无法去实践，它将成为一个永远难圆的梦。选择的存在决定了生活中具有现实性和可能性两个方面。当一种选择成为现实，必然伴随着另一种可能，它们无法互换，因为我们不能返回从前。这是人生无法解决、无法摆脱的深层悲剧，所以，作者要发出无奈的"深深叹息"。选择造成无法弥补的差异，幸运与不幸，快乐与悲哀，希望与渺茫，形成了多姿多彩的人生。

诗人用了象征的手法，通过直觉和戏剧性来传达诗中的哲理，以小见大，以近寓远。清新的诗句后面，是诗人对人生深层的思索和叹息。反复阅读，我们可以领会其中的哲理，得到智慧的启迪。

"路"是此诗最重要的一个意象，既是具体的道路，也具有人生道路的象征意义。古今中外不少诗人作家都曾使用了"道路"的这种双重意义，比如屈原的诗中有"路漫漫其修远兮，吾将上下而求索"的句子；鲁迅也说："其实地上本没有路，走的人多了，也便成了路"。他们都赋予了"路"以不同的含义，表达了对人生的不同看法与态度。在此诗中，诗人通过对未选择的道路的眷恋与遐想，向我们昭示了人生无限丰富的可能性，以及只能走一条路的遗憾。意识到这一点，或许便为我们开启了另外的可能性。

【作者介绍】

罗伯特·弗罗斯特是最受人喜爱的美国诗人之一，留下了《林间空地》《未选择的路》《雪夜林边小驻》等许多脍炙人口的作品。他曾在新英格兰当过鞋匠、教师和农场主。他的诗歌从农村生活中汲取题材，与19世纪的诗人有很多共同之处，相比之下，却较少具有现代派气息。他曾赢得4次普利策奖和许多其他的奖励及荣誉，被称之为美国文学中的"桂冠诗人"。不过他却是在下半生才赢得了大众对其诗歌作品的承认。在此后的年代中，他树立起了一位伟大的文学

家的形象。

【知识链接】

1. 美国诗歌概况

美国诗歌的历史并不悠久，最多上溯至英国殖民地时期，当时的美国诗歌无论从体裁、题材还是风格来看，都是对英国诗歌的模仿。不过到了 19 世纪后期，被称为美国诗歌史上"第一声春雷"的惠特曼的出现改变了一切，美国诗歌开始有了自己的风格。惠特曼一反当时美国文坛脱离人民、脱离生活的陈腐贵族倾向，第一次把诗歌的目光放在了普通人和日常生活上，并且创造出了一种富有内在节奏、直抒胸臆的自由体诗。可以说，从他开始，美国诗歌才真正获得了气势磅礴的表现力。而跟他同时代的女诗人艾米莉·狄金森的风格跟他遥相呼应，被美国人并称为"美国诗歌的奠基人"。此后，美国诗歌的影响力也随着美国国力的日益增强而日渐扩大。虽然诗歌向来是一门高雅的艺术，但是美国的诗歌从它诞生起就离大众不远，这与政府、社会对诗歌的支持分不开。

2. 推荐作品

罗伯特·弗罗斯特《雪夜驻足林边》

第七课 《红色手推车(The Red Wheelbarrow)》

【作品推荐】

红色手推车

威廉·卡洛斯·威廉斯

so much depends	那么多东西
upon	依靠
a red wheel	一辆红色
barrow	手推车
glazed with rain	晶莹闪亮于
water	雨水中
beside the white	旁边有
chickens	几只白鸡

【作品赏析】

这是威廉斯的一首名作，被选入许多选本。在读了那么多晦涩朦胧、不知所云的"现代诗歌"后，忽然读到一首这么简单明了的诗歌，真让人觉得像是在房间里闷了很久后，突然推开窗子，呼吸到的第一口新鲜空气！

了解诗歌发展历史的人，往往会发现一个有趣的现象，当人们看多了平淡乏味像大白话的诗歌后，就会喜欢朦胧含蓄一些的诗歌；而一旦朦胧含蓄走向晦涩费解、不知所云，人们又会转向欣赏那些明白晓畅、清新自然的作品了。这有点像时尚一样，今天流行喇叭裤，明天就会流行小裤脚，说不定过些日子又会回到喇叭裤。但诗歌又与时尚不同，时尚要求越标新立异越好，不一定要有实用价值；而诗歌尽管也应该标新立异，但无论怎么变，都不能脱离现实，脱离大众，否则就会走入死胡同。

《红色手推车》描绘了一幅色彩鲜明的日常生活画面，讲述的是一个躲雨时见到的场景，躲雨的地方大概太小，所以人虽然躲了进去，手推车却还是淋得透湿。与它运送的东西相比，手推车显得似乎小了点，所以才引起诗人"那么多"的感慨，况且还被雨水浇得它"晶莹闪亮"。我们可以想象那个始终没有露面的"推车人"的辛劳,不免对他(她)产生一丝同情。但"旁边有/几只白鸡"一句,使我们眼前一亮。想想看,在雨中,天色也许比较灰暗。但手推车的"红色"与几只鸡的"白色"却是那么的耀眼,何况鸡还是一个活动的东西,与停放在那里的手推车,正好又构成了一动一静的对比。生活的辛劳、躲雨时的焦躁,被几只"白鸡"的出现一扫而空。因此这幅"照片"正如雨后的彩虹,可遇而不可求。

威廉斯生活的时代,美国正处于城市化和工业化过程中,一派欣欣向荣的景象。他在诗歌中所表现的正是他在生活中耳闻目睹的平凡事物。他主张诗歌应该写实,应该贴近现实生活。《红色手推车》展现的正是诗人以一颗敏感之心捕捉到的雨后初霁,农家院落里的一个平凡场面:鲜红色的手推车,上面挂着湿漉漉的雨珠,车旁簇拥着一群叽叽喳喳欢叫的白色小鸡。与此同时,手推车代表着人类文明进程中所仰仗的最简单的运输工具,在迈向工业文明的进程中它们曾起过不可替代的作用。诗人用欣赏的眼光来看这一场景,它鲜活生动,充满生机,这和当时美国的时代发展是契合的。我们能够体会到诗人在诗中蕴涵的这种蓬勃向上的生机与活力。时代背景对诗人的思想、观念产生巨大的影响,并不可避免地反映在诗作中。

威廉斯后来曾谈到,写这首诗歌的时候,他坐在一个生病的儿童旁边,这个孩子正抬头望着窗外,恰巧看到了这样一幅美丽的景色……生命中的危险、痛苦和压力都有结束的一天,而那种闪光象征着所有正常生活和秩序的重建与回归,给人们以战胜困难的勇气和新生活的信心。

【作者介绍】

威廉·卡洛斯·威廉斯(1883—1963)美国近代诗人、小说家。他坚持使用口语创作作品,诗风清新明快,注重根植于美国本土创作,用美国语言,写美国题材,代表诗集有《地狱里的科拉琴》《酸葡萄》。威廉·卡洛斯·威廉斯曾获得博林根奖、普利策奖。威廉·卡洛斯·威廉斯是庞德的同窗好友,诗风很接近意象派,同时继承了惠特曼的浪漫主义传统,在意象派星散后,他是唯一对意象派坚持具体性原则并终身服膺的诗人,他的诗歌创作是意象派所产生的最有积极意义而且最持久的成果。威廉斯创作的特点是坚持使用口语,用简明清晰的描述性意象,用松散的短句,反对复杂沉重过于致密的内部结构和晦涩的象征体系。他说:"我相信一切艺术都从当地产生,而且必须如此,因为这样我们的感官才能找到素材。"

【知识链接】

1. 威廉·卡洛斯·威廉斯

威廉·卡洛斯·威廉斯是 20 世纪美国文学界最有争议的诗人之一,然而他作为美国现代诗歌的创始人之一这点却是毋庸置疑的。威廉斯的诗人身份之所以备受争议，是因为许多人并不认可他的作品是诗，因为他的诗缺少一些所谓的技巧，比如说押韵和韵律等。但同时也有人奉他为美国现代诗歌的创始人之一，因为他的确尝试了新的创作诗歌的方法，并且果断地同传统浪漫主义的矫揉造作、华而不实的诗风和想象主义的桎梏脱离，创作了他自己独立并且独特的风格。

2. 作品推荐

威廉斯《窗边少妇(Young Woman at a Window)》

第八课　《世界上最遥远的距离》

【作品推荐】

世界上最遥远的距离

拉宾德拉纳特 · 泰戈尔

世界上最遥远的距离　　　　　The most distant way in the world
不是生与死的距离　　　　　　is not the way from birth to the end.
而是我就站在你面前　　　　　It is when I sit near you
你却不知道我爱你　　　　　　that you don't understand I love you.

世界上最遥远的距离　　　　　The most distant way in the world
不是我就站在你面前　　　　　is not that you're not sure I love you.
你却不知道我爱你　　　　　　It is when my love is bewildering the soul
而是爱到痴迷　　　　　　　　but I can't speak it out
却不能说我爱你

世界上最遥远的距离　　　　　The most distant way in the world
不是我不能说我爱你　　　　　is not that I can't say I love you.
而是想你痛彻心脾　　　　　　It is after looking into my heart
却只能深埋心底　　　　　　　I can't change my love.

世界上最遥远的距离　　　　　The most distant way in the world
不是我不能说我想你　　　　　is not that I'm loving you.
而是彼此相爱　　　　　　　　It is in our love
却不能够在一起　　　　　　　we are keeping between the distance.

世界上最遥远的距离　　　　　The most distant way in the world
不是彼此相爱　　　　　　　　is not the distance across us.

却不能够在一起	It is when we're breaking through the way
而是明知道真爱无敌	we deny the existance of love.
却装作毫不在意	
世界上最遥远的距离	So the most distant way in the world
不是树与树的距离	is not in two distant trees.
而是同根生长的树枝	It is the same rooted branches
却无法在风中相依	can't enjoy the co-existance.
世界上最遥远的距离	So the most distant way in the world
不是树枝无法相依	is not in the being separated branches.
而是相互了望的星星	It is in the blinking stars
却没有交汇的轨迹	they can't burn the light.
世界上最遥远的距离	So the most distant way in the world
不是星星没有交汇的轨迹	is not the burning stars.
而是纵然轨迹交汇	It is after the light
却在转瞬间无处寻觅	they can't be seen from afar.
世界上最遥远的距离	So the most distant way in the world
不是瞬间便无处寻觅	is not the light that is fading away.
而是尚未相遇	It is the coincidence of us
便注定无法相聚	is not supposed for the love.
世界上最遥远的距离	So the most distant way in the world
是鱼与飞鸟的距离	is the love between the fish and bird.
一个翱翔天际	One is flying at the sky,
一个却深潜海底	the other is looking upon into the sea

【作品赏析】

这首诗之所以能引起广大读者的强烈共鸣，就因为它揭示了一个浅显而又深刻的道理：对于世人而言，真正的爱情往往是一种极其稀缺的奢侈品。从某种意义上说，人人都渴望拥有刻骨铭心的爱情。但是，很多人穷其一生，也没有得到真爱。或者，你爱的人却不爱你；或者，爱你的人却不能让你动心；或者，两个真正相爱的人却无法在一起。因此，真正理想的爱情，通常是非常少见而弥足珍贵的。

这一首很凄美的爱情诗，读它的时候，会让人有一种很伤感的感觉。全文共可分为十段。诗人首先写道："世界上最遥远的距离，不是生与死的距离"，而是暗恋的感觉，第二、三段也只是对这种单相思的痛苦作了进一步的剖白。接下来，诗人对爱情作了深层的描述："世界上最遥远的距离，不是彼此相爱，却不能够在一起，而是明知道真爱无敌，却装作毫不在意。"这一段写出了这世界上许许多多的痴男怨女的凄苦心境。古诗云："两情若是久长时，又岂在朝朝暮暮。"只要彼此相爱，心心相印，不在一起，思念的味道苦涩却也甜蜜，但如果还要"装作毫不在意"那就难免有点残酷了。自第六段起，诗人对"世界上最遥远的距离"作了哲理性的提炼与升华，以"同根生长的树枝，却无法在风中相依"令我们感受着"距离"的残酷；以"相互了望的星星，却没有交汇的轨迹"令我们感受着"距离"的无奈；以"纵然轨迹交汇，却在转瞬间无处寻觅"令我们感受着"距离"的茫然。这三段无疑是诗篇中的高潮，让人黯然泪下，痛苦之余却仍让人找不着爱的方向。在对"最远的距离"不断地重复及否定与肯定之后，诗人最后的答案不仅仅是令人悲怆，更是让人绝望："世界上最遥远的距离，是鱼与飞鸟的距离，一个在翱翔天际，一个却深潜海底。"鱼和飞鸟不仅注定近在咫尺却无法相聚，甚至无法在死前说一声"我爱你"。海与天永远是平行的，但即使海天一色，他们又在哪儿去建一个他们共有的家呢？永恒的思念难以穿越水天相隔的距离，当鱼躲在海底哭泣的时候，流泪的飞鸟也只能在海面低低的悲鸣，在对"世界上最遥远的距离"最后的诠释中，诗人也给我们演绎了另一种悲剧：海阔天空、潮起潮落，彼此倾慕的鱼与飞鸟却都难以进入对方的领域，他们没有红过一次脸，没有拌过一次嘴，他们各自都有广阔的空间，但他们却无法平视对方，他们不得不承受这天与海的隔阂，就像齐豫的《飞鸟和鱼》中的歌词唱到"冲动赢不了永世的分隔……"

印度诗人泰戈尔的《世界上最遥远的距离》令读者潸然泪下。是的，有一种比生与死更遥远的距离，不是时间上的纵跨古今，也非空间上的囊括宇宙，而是一种最难逾越的距离——心与心的距离。生与死本是一种永远无法融合的距离，而近在咫尺却形同陌路是单相思者的心与所爱的人更遥远的距离。相爱却不能相处，有情人不能成眷属，是千古遗憾。而明明爱着却装着不放在心上，是矛盾而痛苦，逃离真心的距离。可比这更遥远的距离，你可知？是心的冷漠，是对爱的蔑视，是面对爱自己的人却断然掘上一条无法跨越的沟渠，把爱远远拒绝在"世界上最遥远的距离"之外。

【作者介绍】

拉宾德拉纳特 • 泰戈尔（1861—1941），是印度诗人、哲学家和印度民族主义者。1913 年，他成为第一位获得诺贝尔文学奖的亚洲人，代表作《吉檀迦利》《飞鸟集》《眼中沙》《四个人》《家庭与世界》《园丁集》《新月集》《最后的诗篇》等。其创作多取材于印度现实生活，反映出印度人民在殖民主义、封建制度、愚昧落后思想的重重压迫下的悲惨命运，描绘出在新思想的冲击下印度社会的变化及新一代的觉醒，同时也记载着他个人的精神探索历程。在创作技巧上，他既吸收民族文学

的营养，又借鉴西方文化的优点，艺术成就颇高。特别是他的诗歌格调清新、诗句秀丽、想象奇特、韵律优美、抒情气息浓郁，同时又饱含深邃的哲学与宗教思想、社会与人生理想，容易扣动读者的心弦。

【知识链接】

1. 印度诗歌概况

综观印度三千年的文学史，几乎可以说是诗歌和诗剧的发展史。印度最早的文学作品是上古诗歌总集——《吠陀本集》。其后有两大史诗《摩诃婆罗多》和《罗摩衍那》的产生，使印度古代文学得以受到举世瞩目。此后又出现了佛教诗人马鸣、迦架陀婆、伐致呵利、苏尔达斯、杜勒西达斯等大诗人，更显示出印度文学的卓越成就。近代大诗人泰戈尔以其颂神诗集《吉檀迦利》荣膺诺贝尔文学奖，更使印度文学达到了辉煌灿烂的顶峰。印度历代经典喜欢采用诗歌体，朝廷中也培养宫廷诗人，国王有擅诗者，后妃公主也往往以能诗著称。

2. 推荐作品

泰戈尔《当时光已逝（When Day Is Done）》

第九课　《死神，你莫骄傲》

【作品推荐】

死神，你莫骄傲

约翰·多恩

Death be not proud, though some have called thee
Mighty and dreadful, for, thou art not so,
For, those, whom thou think'st, thou dost overthrow,
Die not, poor death, nor yet canst thou kill me;
From rest and sleep, which but thy pictures be,
Much pleasure, then from thee, much more must flow,
And soonest our best men with thee do go,
Rest of their bones, and soul's delivery.
Thou art slave to fate, chance, kings, and desperate men,
And dost with poison, war, and sickness dwell,
And poppy, or charms can make us sleep as well,
And better than thy stroak; why swell'st thou then?
One short sleep past, we wake eternally,
And death shall be no more; Death, thou shalt die.

死神，你莫骄傲，尽管有人说你
如何强大，如何可怕，你并不是这样；
你以为你把谁谁谁打倒了，其实，
可怜的死神，他们没死；你现在也还杀不死我。
休息、睡眠，这些不过是你的写照，
既能给人享受，那你本人提供的一定更多；
我们最美好的人随你去得越早，
越能早日获得身体的休息，灵魂的解脱。

你是命运、机会、君主、亡命徒的奴隶,

你和毒药、战争、疾病同住在一起,

罂粟和咒符和你的打击相比,同样,

甚至更能催我入睡;那你何必趾高气扬呢?

睡了一小觉之后,我们便永远觉醒了,

再也不会有死亡,你死神也将死去。

【作品赏析】

17世纪意大利玄学派诗人约翰·多恩作品语多机锋,富于奇思妙想,擅长将各种看似风马牛不相及的意象交织在一起,制造出一种新颖的和谐,尤其擅长用隐喻。

1.《死神,你莫骄傲》体现了多恩的英雄主义思想。

约翰·多恩以"荷马史诗"般的磅礴气势写下这首意大利体的十四行诗。多恩在这首诗的起句中表达了死亡是人生的终结。许多人对死亡表现出极度的恐惧,把死亡同黑暗的地狱联系在一起。然而,在他看来,死亡虽然表面强大,其实是外强中干。灵魂才是永生的,死亡毁灭不了灵魂。这首诗从提出论点的起句开始,进而以充分的论据说明了死亡没有什么可怕,死亡同睡眠没有多少不同,都可以使人"获得身体的休息,灵魂的解脱",表达了约翰·多恩对死神的嘲笑和蔑视。

对于诗人来说,"再生"远远大于拯救。这首诗慷慨激昂,气势纵横,荡气回肠。体现了一种英勇无畏和视死如归的英雄气概。而多恩本身就像一个豪情万丈的英雄决心和死神抗争到底。《死神,你莫骄傲》体现了多恩的英雄主义。

2. 多恩诗中的"死亡"开门见山,直截了当。

比较多恩、布兰特以及惠特曼与狄金森的死亡诗就会发现,在前者的死亡诗里,作者站到台前直接与读者对话。多恩对"死亡"的描写开门见山,直截了当,在《死亡,你莫骄傲》中他把死亡拟人化。用第一人称和第二人称直呼其名,理直气壮地同死神争论。他以一种居高临下、大义凛然的态度和口吻在训斥着骄傲无能的死神。他的英勇无畏使读者一目了然。整首诗就成了多恩充满阳刚之气的宣言式的"豪言壮语"。

3.《死神,你莫骄傲》是一篇气势磅礴、豪迈奔放的誓词。

多恩以他铿锵有力、充满阳刚之气的英雄气概来直面丑恶和无能的死神。他痛斥死神只能吓唬那些惧怕它的人。死亡是人生的终结,许多人对死亡表现出极度的恐惧。把死亡同黑暗的地狱联系在一起。然而,在多恩看来。死亡并没有什么可怕之处。他把死亡看作睡眠,看作是通向"永远觉醒"的必经之路。死亡只是从有限的生命通向永恒的过程。在多恩看来,死亡对他来说仅仅意味着休息和睡眠,意味着灵魂的解脱。他对死亡毫不畏惧,在最后的两句诗中,他已经表明了自己的态度和决心,死亡是没有办法吓倒他的。他是永远都不会向死神屈服的。

《死神,你莫骄傲》成了多恩的一篇决心与死神抗争到底的誓词。对死亡的思考贯穿多恩生命的始终。但是新颖之处在于他流露出的是对死亡的乐观情绪,这种思考也使得人们重新考虑生与死这一矛盾的意义,自然而然地证实了他的诗歌的不朽的价值。

　　虽然这首诗有很强的论说性,但也表达了诗人对死神的蔑视和无畏之情。情与理的结合使诗本身具有说服力,而比喻的运用使这篇说理的诗歌更生动。整个诗作铿锵有力,富于阳刚之气。

【作者介绍】

　　约翰·多恩(1572—1631),英国诗人,1572 年生于伦敦的一个富商之家,1631 年 3 月 31 日卒于伦敦,信仰罗马天主教。早年曾参加埃塞克斯伯爵对西班牙的海上远征军,后成为女王大臣托马斯·埃格尔顿爵士的秘书。1615 年改信英国国教,后出任教职,成为当时著名的布道者,1621 年起被任命为伦敦圣保罗大教堂的教长。多恩是玄学派诗歌的创始人和主要代表人物,他的创作启迪了包括乔治·赫伯特、安德鲁·马维尔等一大批杰出诗人在内的所谓"玄学诗派"。他的作品包括爱情诗、讽刺诗、格言诗、宗教诗以及布道文等。他的诗歌节奏有力,语言生动,想象奇特而大胆,常使用莎士比亚式的机智的隐喻,这些特点在他的诗集《歌与短歌》中体现得十分明显。

【知识链接】

　　1. 意大利诗歌概况

　　西西里诗派是意大利最早的抒情诗派,它把粗野的意大利民谣提高到艺术作品的水平,对意大利诗歌的发展产生过重要的影响。兼领西西里王国的神圣罗马帝国皇帝死后,西西里逐渐丧失了它在欧洲的政治地位,意大利的文化中心也从西西里转移到意大利中部的托斯卡纳地区,"温柔的新体"诗派的诞生标志着意大利诗歌创作进入了第二阶段,即具有意大利民族特点的阶段,使中世纪抒情诗的创作达到了高峰,并造就了但丁等伟大的诗人,但丁是中世纪欧洲文学最杰出的代表,通过他的作品,我们可以全面了解中世纪的欧洲文化,同时也可以看到一缕新时代的曙光。所以,恩格斯称但丁为"中世纪的最后一位诗人,同时又是新时代的最初一位诗人"。

　　2. 推荐作品

　　但丁《神曲》

第十课 《西风颂》(选段)

【作品推荐】

西 风 颂
雪 莱

Make me thy lyre, even as the forest is:
What if my leaves are falling like its own!
The tumult of thy mighty harmonies
Will take from both a deep, autumnal tone,
Sweet though in sadness. Be thou, Spirit fierce,
My spirit! Be thou me, impetuous one!
Drive my dead thoughts over the universe
Like withered leaves to quicken a new birth!
And, by the incantation of this verse,
Scatter, as from an unextinguished hearth
Ashes and sparks, my words among mankind!
Be through my lips to unawakened earth
The trumpet of a prophecy! Oh, wind,
If Winter comes, can Spring be far behind?

像你以森林演奏，请也以我为琴，
哪怕我的叶片也像森林的一样凋谢！
你那非凡和谐的慷慨激越之情，
定能从森林和我同奏出深沉的秋乐，
悲怆却又甘洌。但愿你勇猛的精神
竟是我的魂魄，我能成为剽悍的你！
请把我枯萎的思绪播送向全宇宙，
就像你驱遣落叶催促新的生命，
请凭借我这韵文写就的符咒，

就像从未灭的余烬扬出炉灰和火星，
把我的话语传遍天地间万户千家，
通过我的嘴唇，向沉睡未醒的人境，
把预言的号角奏鸣！哦，风啊，
如果冬天来了，春天还会远吗？

【作品赏析】

《西风颂》，雪莱"三大颂"诗歌中的一首，写于 1819 年。这时诗人正旅居意大利，处于创作的高峰期。这首诗可以说是诗人"骄傲、轻捷而不驯的灵魂"的自白，是时代精神的写照。诗人凭借自己的诗才，借助自然的精灵让自己的生命与鼓荡的西风相呼相应，用气势恢宏的篇章唱出了生命的旋律和心灵的狂舞。

诗共分五节，前三节写"西风"。那狂烈的西风，它的威力可以将一切腐朽的生命扯碎，天空在它的呼啸中战栗着。看吧！那狂暴犹如狂女的头发，在天地间摇曳，布满整个宇宙；那黑夜中浓浓的无边际的神秘，是西风力量的凝结；那黑色的雨、冰雹和火焰是它的帮手——这力量足以打破一切。

在秋天，西风狂暴地将陈腐的生命吹去，以横扫千军之势除去没有生机的枯叶，吹去那痨病似的生命。然而，它没有残杀一粒生命。它要将种子放进冬天深深的心中，在那里生根发芽，埋下春的信息。然后，西风吹响春的号角，让碧绿、香气布满大地，让它们随着西风运行的足迹四处传播。经过西风的破坏和培育，生命在旺盛地生长；那景象，那迷人的芳香在迅速地蔓延着，那污浊、残破的东西已奄奄一息，在海底战栗着。

诗人用优美而蓬勃的想象写出了西风的形象。那气势恢宏的诗句，强烈撼人的激情把西风的狂烈、急于扫除旧世界创造新世界的形象展现在人们面前。诗中比喻奇特，形象鲜明，枯叶的腐朽、狂女的头发、黑色的雨、夜的世界无不深深地震撼着人们的心灵。

诗歌的后两段写诗人与西风的应和。"我跌在生活底荆棘上，我流血了！"这令人心碎的诗句道出了诗人不羁心灵的创伤。尽管如此，诗人愿意被西风吹拂，愿意自己即将逝去的生命在被撕碎的瞬间感受到西风的精神，西风的气息；诗人愿将自己的一切，为即将到来的春天奉献。在诗的结尾，诗人以预言家的口吻高喊："如果冬天来了，春天还会远吗？"

整首诗采用的是象征手法，从头至尾环绕着秋天的西风做文章，无论是写景还是抒情，都没有脱离这个特定的描写对象，没有使用过一句政治术语和革命口号。然而读了这首短诗以后，我们却深深感受到，雪莱在歌唱西风，又不完全是歌唱西风，诗人实质上是通过歌唱西风来歌唱革命。诗中的西风、残叶、种子、流云、暴雨雷电、大海波涛、海底花树等，都不过是象征性的东西，它们包含着深刻的寓意，大自然风云激荡的动人景色，乃是人间蓬勃发展的革命斗争的象征性反映。

从这个意义上说，《西风颂》不是风景诗，而是政治抒情诗，它虽然没有一句直接描写革命，但整首诗都是在反映革命。尤其是结尾脍炙人口的诗句，既概括了自然现象，也深刻地揭示了人类社会的历史规律，指出了革命斗争经过艰难曲折走向胜利的光明前景，寓意深远,余味无穷,一百多年来成了人们广泛传诵的名言警句。

【作者介绍】

雪莱(1792—1822),19世纪英国著名浪漫主义诗人。他出生在一个古老而保守的贵族家庭。少年时在皇家的伊顿公学就读。1810年入牛津大学学习,开始追求民主自由。1811年,诗人因为写作哲学论文推理上帝的不存在,宣传无神论,被学校开除;也因此得罪父亲,离家独居。1812年,诗人又偕同新婚的妻子赴爱尔兰参加爱尔兰人们反抗英国统治的斗争,遭到英国统治阶级的忌恨。1814年,诗人与妻子离婚,与玛丽小姐结合。英国当局趁机对诗人大加诽谤中伤,诗人愤然离开祖国,旅居意大利。1822年7月8日,诗人出海航行遭遇暴风雨,溺水而亡。诗人一生创作了大量优秀的抒情诗及政治诗,《致云雀》《西风颂》《自由颂》《解放了的普罗米修斯》《暴政的假面游行》等诗都一直为人们传唱不衰。

【知识链接】

1. 英国诗歌概况

在诗歌领域,英国人有理由自豪:英国诗的深刻性和多样性历来为世人称道;英诗发展过程中的几个高潮——16世纪后期的文艺复兴诗歌、19世纪初的浪漫主义诗歌、20世纪上半叶的现代主义诗歌——成为世界诗歌交响曲中的华彩乐章;而以莎士比亚为代表的一群优秀的英国诗人,则能站在世界诗歌天才的前列而毫无愧色。诗人们都注重实际而不耽于空想,长于宽容而不爱走极端,使诗歌的发展沿着历史长河缓缓而行,中间没有被切断和被阻隔之感。传统与变革和谐地交织,一方面以内容与形式的不断革新推动文学的发展,另一方面又以浓厚的传统意识制约着每一次变革,使之不致成为脱缰野马。在传统与变革的冲突中,走互相融合的道路,这是英国文学发展历史的显著特色。

2. 推荐作品

莎士比亚《我怎么能够把你来比作夏天》(Shall I compare thee to a summer's day)

第三章

名曲欣赏

第一课《茉莉花》

【作品推荐】

茉 莉 花

江苏民歌

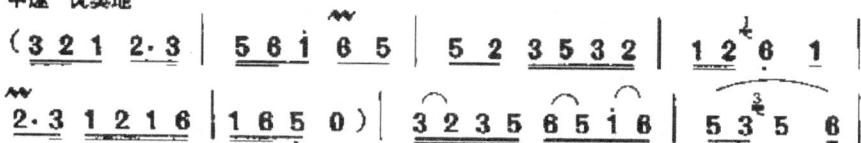

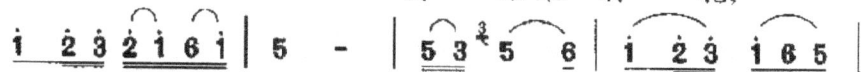

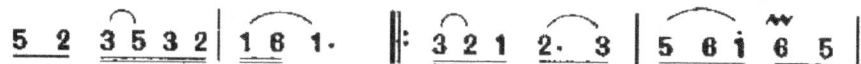

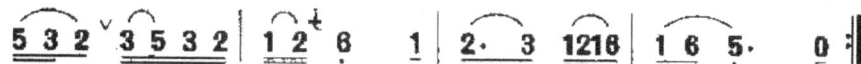

【作品赏析】

江苏地处长江中下游，河流密布，稻谷飘香，是著名的鱼米之乡，其民歌也以婉转清丽、缠绵含蓄、细腻优美而著称。其中《茉莉花》就是一首脍炙人口的民歌。

《茉莉花》流行全国，许多省都流传着该曲不同的曲调，但以流行于江南一带的这首传播最广，最具代表性。1942年，音乐家何仿到隶属江苏省扬州市的仪征市六合金牛山地区采风，从当地一位知名的民间艺人那里，采集到了这首在当地广为传唱的民歌，将它的曲调及歌词一一记录了下来。1957年，他将原曲原词作了改编，三段歌词都用同一曲调，并以悠扬婉转的拖腔作结束。该曲当年由前线歌舞团演唱，后由中国唱片社出了唱片，于是得到进一步的流传。歌曲描写了一位姑娘想采花，但担心被人取笑，受人责骂，又怕伤了茉莉花的心理活动，勾勒出了姑娘天真纯洁、美丽善良的生动形象，表达了人们对真、善、美的向往和追求。

该曲属民歌中的小调，可以划分成两个大乐句，前8个小节为上句，写花，描写花的美丽与芳香；下句由6个小节组成，写人，描写少女爱花、惜花、羞怯、腼腆的心情。结尾旋律忽高八度，加之拖腔的处理，使音乐形象更加完美。

1924年，世界著名歌剧大师、意大利作曲家普契尼完成了歌剧《图兰朵》，该剧以中国元朝为背景，虚构了一位美丽而冷酷的公主图兰朵的故事。普契尼把《茉莉花》曲调作为该剧的主要音乐素材之一，将它的原曲改编成女声合唱，加上剧中的角色全都穿着元朝服饰，这样就使一个完全由外国人编写和表演的中国故事，有了中国的色彩和风味。1926年，该剧在意大利首演，取得了很大成功。从此，中国民歌《茉莉花》的芳香，随着这部歌剧经典的流传而在海外飘得更广了。

21世纪初期，张艺谋在他导执的申奥、申博宣传片中，都用《茉莉花》作背景音乐。2003年8月3日，2008年奥运会徽——"中国印·舞动的北京"在北京天坛公园祈年殿隆重揭晓。当著名运动员邓亚萍和著名影星成龙扶着会徽缓缓走上祈年殿时，管弦乐又响起了《茉莉花》的旋律。此时此刻人们所听到的《茉莉花》的乐声，委婉中带着刚劲，细腻中含着激情，飘动中蕴含坚定，似乎向世人诉说：《茉莉花》的故乡——古老的中国正在阔步向前。随着这些电视片的播放，相信《茉莉花》的芳香，将飘得更远更广。

【名家介绍】

何仿(1928—2013)，中国音乐家协会会员、国家一级作曲家。1928年2月出生在安徽天长市石梁镇何庄村。1941年春入新四军淮南联中。1942年调进淮南大众剧团。1951年毕业于上海音乐学院干部进修班，1956年入总政文化部合唱指挥训练班，师从德国专家。在长期的革命和音乐创作、指挥生涯中，何仿创作出了《毛泽东的战士人民的兵》《前进在陆地天空海洋》《五个炊事兵》《我们是千里海防的巡逻兵》《我的名字叫中国》等一批激动人心、广泛流传的歌曲和《大翻身》等歌剧音乐,在全国全军多次获奖。他收集、加工、整理了江苏民歌《茉莉花》,为《茉莉花》在民间广为流传起到很大的作用。

【知识链接】

1. 中国民歌

民歌是人民在口头上创作,世世代代口耳相传保存下来的歌曲。民歌的艺术特点主要表现在都是有感而发、即兴创作、直抒胸臆的,具有鲜明的民族和地域特征。中国是个幅员辽阔、历史悠久、民族众多的国家,在这片广袤的土地上孕育出了无数动人的民歌,民歌始终伴随着中华民族发展的漫长历史。民歌是 20 世纪才用来概括各种民间歌曲的词语,"楚声""郑卫之音""相和歌"等都是不同时期、不同地区对于民歌的称谓。汉族民歌大致可分为三类:配合生产劳动而产生的劳动号子,在山野田间放牧劳作的山歌,和流行于城镇集市之中的民间小调等。

2. 推荐作品

陕西《黄河船夫曲》

山东《沂蒙山小调》

第二课 《同一首歌》

【作品推荐】

同一首歌

陈哲 迎节词
孟卫东曲

1=F 4/4

```
0 5 i 2 | 3 - - 2 i | 2 - i 6 | i - - - | i 6 5 3 1 6 5 3 | 5 - 1 2 |
                                                              鲜  花  曾
                                                              水  千  条

3· 4 3 1 | 2 - i 6 | i - - - | 5 - 1 2 | 3 3 4 5 1 | 4· 3 5 2 3 |
告 诉我你怎 样走 过.      大  地知 道你心中的 每 一个角
山 万座我们 曾走 过.      每  一次 相逢和笑脸 都 彼此铭

3 2 2 - - | 3 - 5 i | 7· 6 6 - | 5 5 6 7 6 5 | 3 - - - | 4· 4 5 6 |
落,     甜 蜜的梦 啊  谁都不会唱  过.    终 于迎来
刻,     在 阳光灿 烂  欢乐的日子  里,    我 们手拉

5 4 3 2 - | 7 7 6 5 6 | 1 - - - | i - 6 - | 4· 5 6 - | 7 7 7 7 6 5 |
今   天 这欢聚时  刻,    星 光 洒 满 了  所有的童
手   啊 想说的太  多,    阳 光 想 渗 透  所有的语

3 - - - | i - 6 - | 4· 5 6 6 | 6 6 6 6 ‖ 4 3 | 2 - - - | 5 - 1 2 |
年,    风  雨 走 遍了 世界的角  落.    同 样的
言,    春  天 把 友好的 故事传  说,    同 样的

3· 4 3 1 1 | 2· 2 2 2 1 | 6 6 - - | 7 - 7· 6 | 5 6 5 2 2 |
感   受给了 我们同 样的渴 望,    同 样的欢 乐给了
感   受给了 我们同 样的渴 望,    同 样的欢 乐给了

4· 4 4 3 2 | 5 - - - ‖ 1 - - | 6 - - - | 1 - - i | i - - - |
我 们同一首 歌.           歌.    同  一 首 歌
我 们同一首 歌.

i - - - | i 0 0 0 ‖
```

【作品赏析】

由陈哲和迎节作词、孟卫东作曲的《同一首歌》,曲调悠扬、旋律优美、词曲贴切、通俗易唱、深入人心。

乐曲采用四四拍的节拍,中速稍快的节奏,在 F 大调上进行旋律创作,曲调悠扬动听,词曲结合紧密。第一乐句朗朗上口、好学易唱。第二乐句"大地知道你心中的每一个角落",歌词采用重复变化的技巧,有效地增强了旋律的流动感,增加了演唱的魅力色彩。"星光撒满了所有的童年,风雨走遍了世间的角落""同样的感受给了我们同样的渴望,同样的欢乐给了我们同一首歌"令乐曲进入高潮,使每一个听到此乐曲的人都情不自禁地跟着歌曲的播放轻轻吟唱,歌曲紧接着的乐句"风雨走遍了世间的角落"用重复变化的技巧,加深了音乐韵味的印象,特别是后半句"世间的角落"的变化旋律,使这一乐句的旋律顿时起伏跌宕、抑扬顿挫,给人意味深长、回味无穷的感觉。"阳光想渗透所有的语言,春天把友好的故事传颂""同样的感受给了我们同样的渴望,同样的欢乐给了我们同一首歌"。

用阳光渗透语言,简直是妙笔生花,美不胜收。温暖的阳光把和谐的语言渗透,把美好和平的语言用光的速度在大地上传播,精美之极,美轮美奂。"春天把友好的故事传说"在中国崛起的春天里,将欣欣向荣、兴旺富强、和谐友好、和平幸福的故事绘声绘色地传说,意味深长地讲述,真可谓独具匠心、别树一帜。

【名家介绍】

孟卫东(1955—),中国铁路文工团的作曲家,是一位被乐坛认定为已经形成独特风格却又不会为追求"新潮"而改变自己风格的成熟的作曲家。他的军旅文艺生涯给了他一副健壮的体魄,说拉弹唱样样在行。中国音乐学院和中央音乐学院的两次专门作曲修炼又给了他扎实的理论功底和深广的艺术视野。当人们热衷于"火爆"的时候,他却以惊人的毅力和责任心从事着先后将曹禺的《雷雨》和巴金的《家》等文学名著改编成大型歌剧的艰苦工作。即便是为亚运会创作的《同一首歌》,它的轰动效应也完全建立在"孟卫东式"的优美悠久的曲调和浓郁的民族风格的独特基础之上。

【知识链接】

1. 流行唱法

流行唱法,源于欧美,具有大众性、通俗性、时尚型、自娱性等艺术特色,擅长抒发以个人为主体的内心情感。流行唱法是借助音响扩大效果,以闪耀变化的舞台美术灯光渲染气氛,用各异的演唱方法，集舞蹈表演、伴唱、伴舞、电声乐器伴奏、说唱等于一体的演唱艺术。流行唱法是全世界性、目前还在不断地相互交融发展、感染性最强、普及性最大的一种演唱方法。流行歌曲的演唱对声音的运用最重要的特征就是用最自然真实的音色来演唱，很多未经过专业声乐训练的人也可以用自己真实质朴的演唱表达歌曲的内容和自己的情感。流行唱法最注重的就是个性化，歌手的演唱最忌讳千篇一律，没有自己的特点。一定要凸显出个性化的声音和表演。所以流行演唱当中有很多独特的声音技巧，例如假音、气声、哑音、喊唱、高音华彩等。流行唱法的风格多样，包括爵士、摇滚、音乐歌舞、拉丁、说唱等。编曲配乐形式多样，流行歌曲有很多种类型，每一种类型的流行歌曲都有着自己独特的演唱特点和风格。例如，摇滚类型歌曲的演唱风格是粗犷豪放，可以用呐喊的方式去演唱来体现风格；乡村民谣类型歌曲的演唱风格是清新自然，可以用自然真实的音色演唱来体现风格；布鲁斯类型歌曲演唱风格是即兴自由，可以用即兴的哼唱方式演唱来体现风格。不同类型的流行歌曲在演唱时的声音色彩的选择、情感表达方式等都显示出了鲜明独特的风格特色。

2. 推荐作品

汪峰《北京一夜》《飞得更高》

第三课 《看大王在帐中和衣睡稳》

【作品推荐】

看大王在帐中和衣睡稳（节选）

《霸王别姬》虞姬唱段

(1)

【作品赏析】

京剧《霸王别姬》讲述秦末楚汉相争时，韩信命李左车诈降项羽，诓项羽进兵，在九里山十面埋伏，将项羽困于垓下。项羽突围不出，又听得四面楚歌，疑楚军尽已降汉，在营中与虞姬饮酒作别。虞姬自刎，项羽杀出重围，迷路来到乌江边，感到无颜面见江东父老，于是自刎江边。

《看大王在帐中和衣睡稳》，是京剧《霸王别姬》中虞姬的一个唱段，表现了项羽被围困垓下，又闻四面楚歌，非常忧闷，虞姬为项羽解愁，劝酒舞剑，直到项羽睡稳，而自己也很愁苦的心情。

【名家介绍】

梅兰芳(1894—1961)，名澜，艺名兰芳。汉族，生于北京，祖籍江苏泰州。他出身于梨园世家，8岁学戏，10岁登台，攻青衣，兼演刀马旦。他擅长旦角，扮相端丽，唱腔圆润，台风雍容大方，为近代杰出的京昆旦行演员，"四大名旦"之首；同时也是享有国际盛誉的表演艺术大师，被称为旦行"一代宗师"。他经过长期的舞台实践，对京剧旦角的唱腔、念白、舞蹈、音乐、服装、化妆等各方面都有所创造发展，形成了自己的艺术风格，世称"梅派"。代表戏京剧有《贵妃醉酒》《霸王别姬》等。

【知识链接】

1. 京剧

京剧(Peking Opera)又称平剧、京戏，是中国影响最大的戏曲剧种。清代乾隆五十五年，原在南方演出的三庆、四喜、春台、和春四大徽班陆续进入北京，他们与来自湖北的汉调艺人合作，同时接受了昆曲、秦腔的部分剧目、曲调和表演方法，又吸收了一些地方民间曲调，通过不断的交流、融合，最终形成京剧。京剧流播全国，影响甚广，有"国剧"之称。它走遍世界各地，成为介绍、传播中国传统文化的重要手段。京剧表演的四种艺术表现手法是唱、念、做、打。京剧角色的行当划为生、旦、净、丑四大行。唱腔主要分为"西皮"与"二黄"两类。

2. 作品推荐

京剧《贵妃醉酒》《红灯记》

第四课　《春江花月夜》

【作品推荐】

春江花月夜（节选）

1=G 2/4
引子

333 333｜333 333｜333 333｜33333333｜33333333｜3330｜6 —

6 126｜550｜1 1 1 1｜1 1 1 1｜1 1 1 1｜1 1 1 1｜1 — 1 — 1 — 1 — 2 —

（中速）　（一）江楼钟鼓

2· 1｜666666｜6 6 6 1 26｜5 5·6｜556·212｜3 —｜33235535

6·1232｜123216｜5 512｜55612｜3 —｜3615653｜2 —｜3·56561

2321231｜2 —｜2 0｜2 —｜223532｜1 1265｜1·32·3｜2·322

（二）月上东山

23 5 3532｜1·32·3｜1·32·3｜123216｜5 5·6｜3·5612｜5 512

6·154｜3·213｜2 —｜3615653｜2321231｜2 —｜3 —｜3 3553｜2 2

（三）风回曲水

36·1｜55·1｜6126152｜3 —｜3615653｜2 —｜2353532｜1·32·3

1561｜2 —｜2353532｜1 —｜1 1 1 123｜6 —｜6621 25｜3·335

3·335｜6·12232｜123216｜5 5·6｜556·212｜3 —｜3615653

（四）花影层叠

2321231｜2 —｜2 —｜2·5356｜222322｜3·5612｜5 5·6

56756567｜3 —｜25635356｜2 —｜23523235｜1 —｜123 12123

6 —｜6·1656·165｜3 —｜3 23535｜6·12·3｜123216｜5 5·6

（五）水云深际

556·212｜3 —｜3615653｜2321231｜2 —｜2 —｜2·355｜32355

353532｜1612｜123 35｜2 2｜23562356｜35321 1｜12355

【作品赏析】

作品是中国古曲之一，原名为《夕阳箫鼓》，是一首著名的琵琶传统大套文曲，1925年上海大同乐会的柳尧章、郑觐文将此曲改编为丝竹乐合奏，并取意唐诗中张若虚的名篇《春江花月夜》而更名。"春江潮水连海平，海上明月共潮升。滟滟随波千万里，何处春江无明月。"诗情画意，情景交融，春江花月夜的美景已完美融入音乐所渲染的意境之中。20世纪50年代，中央广播乐团指挥彭修文将此曲进一步改编为现代民族管弦乐合奏曲。

乐曲通过流畅的旋律、多变的节奏、巧妙的配器和细腻的演奏，形象地描绘出月夜春江的迷人景色。

乐曲共分十段。首段是"江楼钟鼓"，也是引子部分与主题部分，由琵琶模拟鼓声，旋律优美流畅，婉转如歌，呈现出月夜春江令人神往的情景。之后丝竹齐鸣，奏出优美如歌的主题旋律。这段音乐描绘了夕阳映照江面、晚风轻拂江水的景象。

第二段"月上东山"，节奏平稳、舒展，琵琶的演奏委婉、典雅，在平静的乐声中表现月亮缓缓上升的动感。

以后的每个乐段，都是主题音乐的演变和发展，但是，每一段音乐的结尾都是相同的。随着音乐的不断变化，乐曲所描绘的意境也逐渐地变换，时而幽静，时而热烈，每一次变化都让人有新的惊喜；而每一个相同的结尾则又将人抓回这一"山水画卷"中。

在描绘了花影层叠和水天一色的自然景观以后，音乐情绪又有了新的转变，第六段"渔舟唱晚"出现了情景交融的景象：在宁静的江面上，笙吹奏着柔美的旋律，犹如悠扬的渔歌自远处飞来，而琵琶与笙的对奏，就像是渔人们在一唱一和，表达了他们满载而归的喜悦心情。

乐曲在进入群舟竞归、浪花飞溅、波浪层涌的高潮后，节奏又慢慢舒缓，船渐渐远去，江面又恢复了宁静的夜色。

尾声部分，江水变得更加宁静和美丽，唯有那音色和美丽，唯有那银色的月亮俯视着这青山绿水，随着低音大锣的轻轻一击，乐曲余音袅袅地结束在令人回味无穷的意境之中。

中国音乐中，有许多描写大自然景象的乐曲，《春江花月夜》就是一首典范之作。尤其是当你身心感到疲惫时，闭上眼睛，静静地听一段《春江花月夜》，想象着大自然秀丽的景色，身体随着旋律渐渐放松，一定会感到非常惬意。当然，在中秋佳节边赏月边听乐也是一种很好的选择。

【名家介绍】

彭修文（1931—1996），湖北武汉人，中国著名作曲家、指挥家，中国现代民族管弦乐的奠基人之一。他1931年生于汉口，从小学习二胡、琵琶等民族乐器，喜爱戏曲和民间音乐。1949年，毕业于商业专科学校，1950年到重庆人民广播电台工作。1952年调入中央广播民族乐团，1953年任该乐团指挥兼作曲,创作和改编了一系列民乐乐曲,并建立了中国新型民族管弦乐队的最初编制。1957年,在莫斯科第六届世界青年联欢节上获得金质奖章;几十年来,他积极发掘中国民族音乐的精华,做到古为今用;大胆吸收西洋乐队之长,使其洋为中用。他不仅是位技艺娴熟的指挥,而且是位颇有成就的作曲家,他创作和改编的音乐作品达四五百首,包括《春江花月夜》《梅花三弄》《月儿高》《将军令》《流水操》《步步高》《彩云追月》《花好月圆》《丰收锣鼓》《二泉映月》《阿细跳月》《瑶族舞曲》《乱云飞》等。

【知识链接】

1. 民族管弦乐

民族管弦乐是一种新型综合性的民族管弦乐队合奏的音乐,是20世纪20年代,在中西文化交流下产生的。民族管弦乐队,综合了传统丝竹乐队和吹打乐队,在部分程度上模仿了西方交响乐队的编制,其中民族乐器就有两百多种。

我国的民族乐器中缺少低音乐器,所以比较常见的做法是使用西洋乐器中的低音提琴作为补偿,也有使用大提琴的。

一些现代派民乐作品中会出现传统中较为少见的音响要求,可能需要西洋乐器作为辅助。

民族管弦乐队乐器一般分为:

(1)拉弦乐器组:高胡、二胡、中胡、革胡、倍革胡。

(2)弹拨乐器组:柳琴、扬琴、琵琶、中阮、大阮、三弦、筝。

(3)吹管乐器组:曲笛、梆笛、新笛、唢呐(高音、中音、低音)、笙(高音、中音、低音)。

(4)打击乐器组:堂鼓、排鼓、碰铃、锣、云锣、吊镲、军鼓、木鱼。

2. 推荐作品

《瑶族舞曲》《春节序曲》

第五课 《红梅赞》

【作品推荐】

红梅赞

歌剧《江姐》插曲

阎肃 词
羊鸣 姜春阳 曲

【作品赏析】

  1964 年，中国人民解放军空军政治部文工团将小说《红岩》中有关江姐的故事搬上了歌剧舞台，这就是歌剧《江姐》。此剧由阎肃编剧，羊鸣、姜春阳、金砂作曲。全剧以四川民歌的音乐为主要素材，广泛吸取川剧、婺剧、越剧、杭滩、扬琴、四川清音、京剧等音乐与会和手法进行创作，既有强烈的戏剧性和鲜明的民族风格，又有优美流畅的歌唱性段落，深刻刻画了英雄人物的形象。该剧讲述了地下党员江雪琴由于叛徒出卖不幸被捕，被关押在重庆渣滓洞集中营。在狱中面对敌人的种种酷刑,江姐始终坚贞不屈,最后在重庆解放前英勇就义。整部歌剧音乐具有浓郁的民族色彩和淳朴的乡土气息,以四川民歌为基础,广泛吸收了四川扬琴、川剧、滩簧、越剧、京剧等音乐语言因素加以创作,深入刻画了英雄人物的性格特征。由阎肃作词,羊鸣、姜春阳、金砂作曲的《红梅赞》作为歌剧《江姐》的主题曲自 1964 年问世起,就在大众中广为传唱,流传至今。这是一首带着鲜明的时代色彩与深刻的革命烙印的红色歌曲,集中表现了以江姐为代表的革命党人面对革命斗争的严峻形势,奋力抗争、追求光明的革命精神。这首歌能够超越革命宣传的政治藩篱,穿越时空,拥有广泛的听众,并在新时代新世纪的音乐环境中占据一席之地,成为永恒的艺术经典,得益于《红梅赞》歌曲自身具有的朴实婉转而又高亢坚定的曲调,以及规整洗练的歌词,这正是其保持恒久生命力的核心原因所在。全曲共八个乐句,徵调式。曲调起伏跌宕,第一小节就出现了一个八度大跳,将人们立刻带入了"已是悬崖百丈冰,犹有花枝俏"的高远境界。在此基础上加入甩腔唱法,大幅度的拉开,压缩、扩充、加花,同时融入江南滩簧音调,与四川扬琴音乐相互渗透,刚柔并济。乐句结尾大量运用了戏曲音乐委婉优美的拖腔手法,在表现江姐英雄主义形象的同时也自然地展现出她柔美的一面。

【名家介绍】

词作者

阎肃(1930—):著名剧作家、词作家,中国作家协会会员,中国剧协副主席,中国音协委员。1930 年 5 月 9 日生于河北保定,在重庆念完中学,参加过土改、抗美援朝,慰问过苏军、越南人民军等。1950 年任西南青年文工团演员、分队长,1953 年调到西南军区文工团,1955 年调空军政治部文工团至今。成名作是《江姐》。代表作:歌曲《红梅赞》《敢问路在何方》《前门情思大碗茶》《我爱祖国的蓝天》《北京的桥》《长城长》《雾里看花》《苏州姑娘》《军营男子汉》《故乡是北京》《唱脸谱》《五星邀五环》,歌剧《江姐》《党的女儿》,京剧《红灯照》《年年有余》《红岩》。

曲作者

羊鸣(1934—):著名军旅作曲家,中共党员,山东长岛人,1947 年 11 月入伍,东北音专(沈阳音乐学院前身)毕业,现任空政歌舞团创作员,文职将军,国家一级作曲家,中国歌剧研究会主席团成员,中国轻音乐学会常务理事,中国音乐家协会创作委员会委员,中国戏剧家协会会员,全军艺术系列高级专业职称评审委员会委员,历任安东军区文工团团员,辽东军区宣传大队队员,东北军区空军政治部文工团创作员,沈阳空军

政治部文工团团员，空政文工团团员、创作员、空政歌剧团编导组副组长，空政文工团艺术指导，空政歌舞团艺术指导等职。三次荣立三等功，享受国家政府特殊津贴。代表作品：大型歌剧《江姐》《忆娘》《雪域风云》及《爱与火的四重奏》（均为合作）等，歌曲《我爱祖国的蓝天》《红梅赞》（合作）《山歌向着青天唱》《我幸福，我生在中国》《九百六十万》《兵哥哥》《为人民服务》《好收成》《唐古拉》《报答》以及《中国空军进行曲》（合作）等。歌剧《江姐》获第六届文艺会演特别奖、个人一等奖。

【知识链接】

1. 歌剧

歌剧是一门西方舞台表演艺术，简单而言就是主要或完全以歌唱和音乐来交代和表达剧情的戏剧（是唱出来而不是说出来的戏剧）。歌剧在 17 世纪，即 1600 年前后才出现在意大利的佛罗伦萨，它源自古希腊戏剧的剧场音乐。歌剧的演出和戏剧的所需一样，都要凭借剧场的典型元素，如背景、戏服以及表演等。1919 年，五四运动之后，中国音乐工作者借鉴西洋歌剧开始了中国歌剧的探索之路。1942 年延安文艺座谈会讲话以后，出现了盛极一时的新秧歌运动。随着第一部新秧歌剧《兄妹开荒》到后来的《一朵红花》《夫妻识字》等数十部秧歌剧的先后上演，全国上下掀起了创作演出新秧歌剧的热潮。20 世纪 40 年代中期，民族风格歌剧《白毛女》的诞生，标志着中国歌剧的创作取得了突破性的进展，并开创了中国歌剧发展的新阶段。取材于长篇小说《红岩》的歌剧《江姐》是中国民族歌剧的丰碑之作。

2. 推荐作品

《白毛女》《洪湖赤卫队》

第六课 《夏天最后一朵玫瑰》

【作品推荐】

夏天最后一朵玫瑰

1=♭E 3/4

[英]T.摩尔 作词改编
邵映易 译配

（歌词）

1. 夏天最后一朵玫瑰，还在孤独地开放，
   所有她可爱的伴侣，都已凋谢死亡。
2. 我不愿看你继续痛苦，孤独地留在枝头上，
   愿你能跟随你的同伴，一起安然长眠。
3. 当那爱人的金色指环，失去宝石的光芒，
   当那珍贵的友情枯萎，我也愿和你同往。

再也没有一朵鲜花，陪伴在她的身旁，映照
我把你那芬芳的花瓣，轻轻散布在花坛上，让你
当那忠实的心儿憔悴，当那亲爱的人儿死亡，谁还

她绯红的脸庞，和她一同叹息悲伤。
和亲爱的同伴，在那黄土中埋葬。
愿孤独地生存在这凄凉的世界上。

【作品赏析】

　　爱尔兰位于欧洲西北部爱尔兰岛的中南部，西临大西洋，东部与英国的北爱尔兰接壤，是一个有着五千多年悠久历史的古老国家。竖琴是爱尔兰典型的传统乐器，其造型被作为爱尔兰的国徽标志，可见音乐在爱尔兰文化中所占据的极为重要的地位。爱尔兰每年都举办多个国际性民族性的音乐节。在爱尔兰的音乐殿堂中，踢踏舞热情奔放，节奏欢快、富于变化，与音乐结合在一起，完美地体现了爱尔兰民族的艺术气息。而旋律优美、具有浓厚生

活气息和浪漫主义色彩的爱尔兰民歌更是蜚声世界。

《夏天最后一朵玫瑰》是爱尔兰的一首古老的歌曲。19世纪，爱尔兰著名诗人汤姆斯·摩尔给这段旋律重新填词，改名为《夏天的最后一朵玫瑰》。贝多芬和门德尔松都曾根据这首歌曲优美的旋律创编过乐曲。该曲不仅激发了许多伟大作曲家的灵感，更是得到了众多歌唱家的青睐，传唱百年而经久不衰。美国故事影片《三个聪明姑娘的成长》中就选用了这首歌曲。在德国故事影片《英俊少年》中，小主人公海因切在思念母亲时唱的也是这首抒情委婉又饱含思念哀愁的歌曲。

歌曲为带在现的二部曲式，其结构非常有特点，音域仅在八度之内，全曲总共四个乐句中，有三个完全一样，不但清晰地体现出音乐发展中起承转合的逻辑规律，而且音乐主题形象也由于多次反复出现而得以高度清晰和凝练。开始部分的两个乐句表达了一种美好事物逝去后的惋惜之情，弱起的节奏型使语气更加自然，曲调略带悲伤，让人感受到一种平静面对生命凋谢的心情。第三乐句高潮出现，透露出一种难以平静的心绪。第四乐句是对第二乐句的再现。歌曲中包含着真挚的情感，渲染出凝重的气氛。

【名家介绍】

汤姆·斯摩尔(1779—1852)，是19世纪杰出的爱尔兰诗人和歌唱家，著名的《爱尔兰歌曲集》的作者。他热爱祖国的民间诗歌和音乐，在自己的创作中不仅利用了诗歌中的形象，同时还利用了它的曲调和节奏，他的每一首爱尔兰歌曲都是按某一著名的民歌曲调写成的。《夏天最后一朵玫瑰》是摩尔根据米利金的歌曲《布莱尼的丛林》的曲调改写而成的。《布莱尼的丛林》又源自一支久远的民歌《年轻人的梦》。

【知识链接】

1. 一部曲式、二部曲式、三部曲式

音乐是时间的艺术，曲式描述就是音乐发展的思维逻辑，像语言和诗歌一样，旋律的发展就是依靠调式中的稳定与不稳定音级的连接构成的，一般由两个或四个乐句构成乐段。由一个乐段构成的乐曲称为一部曲式，由两个乐段构成的乐曲则称为二部曲式或三部曲式。一般乐句用小写字母来表示，如a、b；乐段用大写字母表示，如A、B；若第三乐段与第一乐段相同则用A或A'表示。旋律中很多的乐句或乐段是不断重复的旋律片段，能够加深对音乐的记忆，进而在人们的心目中树立起音乐所描绘的艺术形象。

2. 推荐作品

《我的太阳》《红河谷》

第七课　《乘着歌声的翅膀》

【作品推荐】

乘着歌声的翅膀

〔德〕海　涅词
门德尔松曲

1=♭A 6/8
稍慢　幽静地

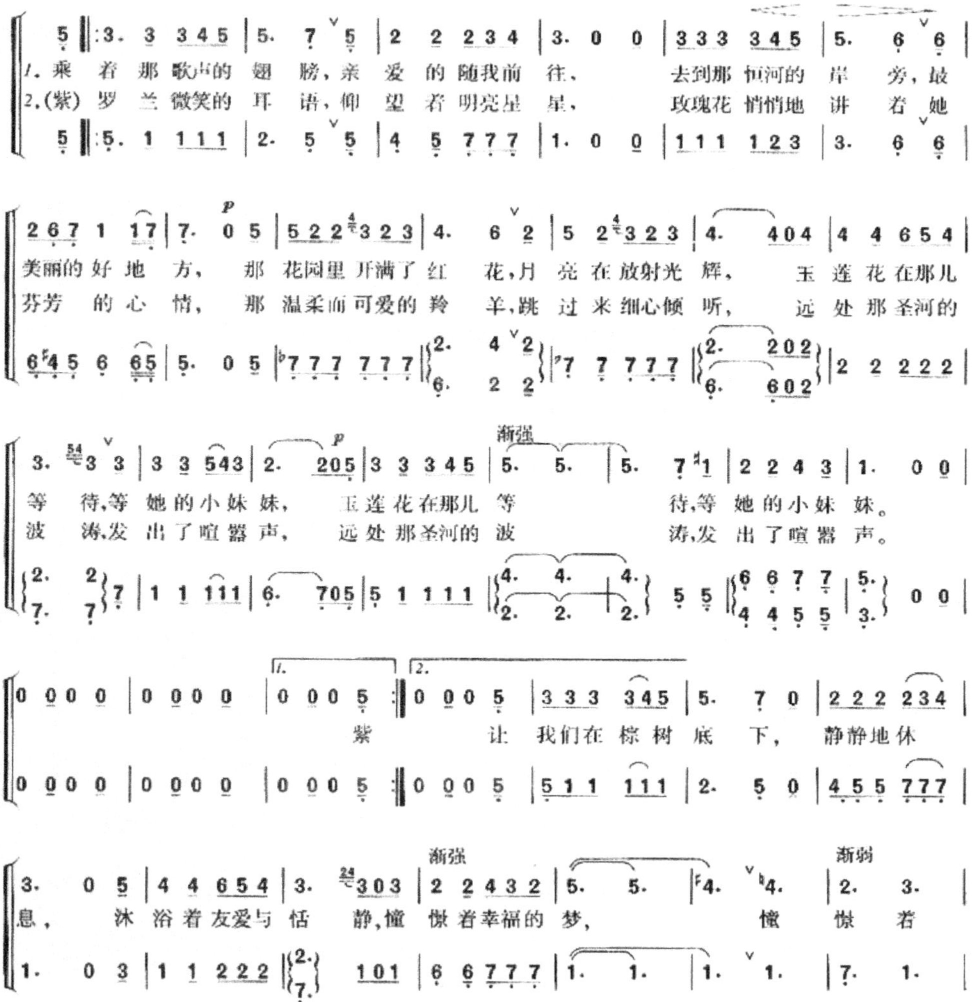

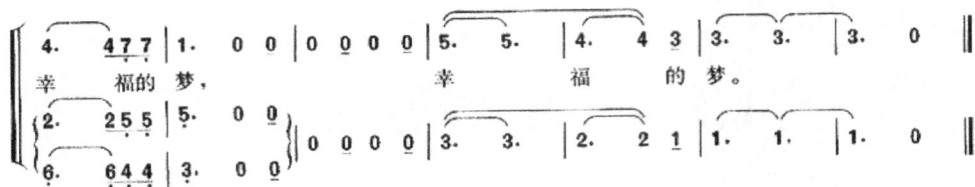

【作品赏析】

《乘着歌声的翅膀》创作于1834年，当时门德尔松在杜塞尔多夫担任指挥，完成了他作品第36号的六首歌曲，其中第二首《乘着歌声的翅膀》是他独唱歌曲中流传最广的一首。这首歌的歌词是海涅的一首抒情诗，描述了一幅温馨而富有浪漫主义色彩的图景——乘着歌声的翅膀，跟亲爱的人一起前往恒河岸旁，在开满鲜花、玉莲、玫瑰、紫罗兰的宁静月夜，听着远处圣河发出的潺潺涛声，在椰林中饱享爱的欢悦，憧憬幸福的梦……

曲中不时出现的下行大跳音程，生动地渲染了这美丽动人的情景。整个乐曲为夜曲形式，音乐的色彩是稍稍偏暗淡又有些忧郁的，乐曲的速度为中速偏慢。

乐曲中大量应用了减三和小三和弦，这些有特殊色彩和味道的和弦为平淡的元素加入了更多的幻想色彩，让这首《乘着歌声的翅膀》悠悠地进入到我们的梦乡，特别是中间部分减三和弦的应用非常巧妙地使音乐色彩出现了稍显不安和紧张的情绪，好像阴霾的天空突然出现了一缕金色的阳光，照亮了心中所有的角落；当旋律主题的影子迈入时，音乐的旋律上出现一个瞬间的升华，突出了一个紧张的气氛，并且急需使这个不安定的音素由下一个和弦转化，二级和弦替代了明亮的下属和弦。最后音乐由属七平缓结束到主和弦使整个乐曲完满结束，音乐情绪一下子到宽广平和，好像满天飞雪飘落，世界是如此的美丽。

乘着歌声的翅膀，我要选择一种飞翔，为自己舒心；乘着歌声的翅膀，我可以选择一种回忆，为自己清心；乘着歌声的翅膀，我可以选择一种高度，为自己修心；乘着歌声的翅膀，我可以选择一种幻想，为自己养心。

【名家介绍】

门德尔松（1809—1847），出生于德国汉堡的德国犹太人家庭，是作曲家、钢琴家、风琴弹奏者、乐队指挥家，也是德国近代最重要的浪漫派音乐家之一。12岁开始创作，17岁即完成《仲夏夜之梦序曲》，21岁起研究和整理巴赫的作品，为这位"音乐之父"的作品得以复生做出了最重要的贡献。27岁在莱比锡任指挥，1843年创办德国第一所音乐学院，38岁时即病故。他在短暂的一生中创作了大量的各种体裁的音乐作品，作品风格温柔舒适、优美恬静、完整严谨，极少矛盾冲突，富于

诗意幻想,反映出他生活上的安定富足。他的交响曲《苏格兰》《意大利》,序曲《芬格尔山洞》《平静的海与幸福的航行》《E 小调小提琴协奏曲》等都是著名作品。

【知识链接】

1. 浪漫主义音乐

浪漫主义音乐是继维也纳古典乐派后出现的一个新的流派,它产生于 19 世纪初。这个时期艺术家的创作上表现为对主观感情的崇尚,对自然的热爱和对未来的幻想。艺术表现形式也较以前有了新的变化,出现了浪漫主义思潮与风格的形成与发展,以它特有的强烈、自由、奔放的风格与古典主义音乐的严谨、典雅、端庄的风格形成了强烈的对比。如果贝多芬的音乐是黑白电影或版画的话,那么浪漫主义音乐派作品则像水彩画和五颜六色的油画。这一时期产生了两种不同的浪漫主义音乐流派:一种是以勃拉姆斯为主要代表的保守浪漫主义,另一种是积极浪漫主义。浪漫主义音乐时期也是欧洲音乐发展史上成果最为丰富的时期,它极大地丰富和发展了古典主义音乐的优良传统,并大胆创新。这一时期的许多音乐珍品至今仍深受人们的喜爱和欢迎。

2. 推荐作品

舒伯特《小夜曲》

李斯特《爱之梦》

第八课 《天空之城》

【作品推荐】

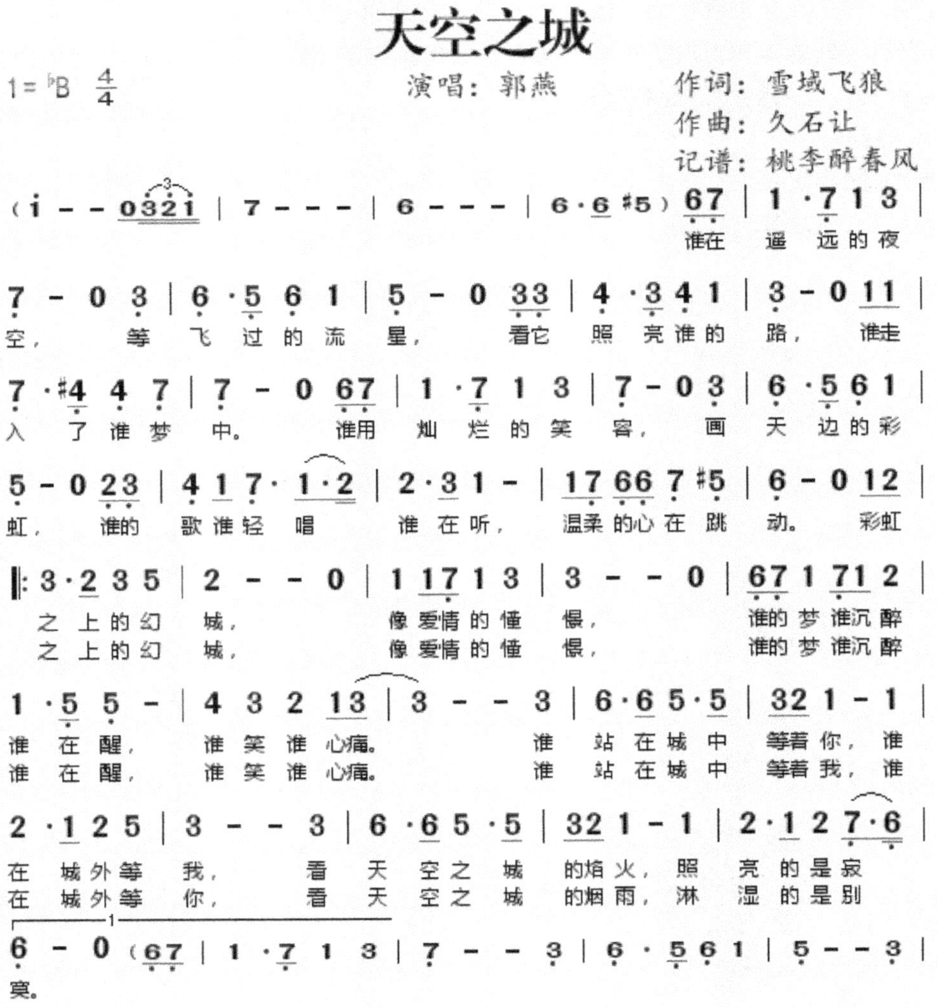

彩虹　高。

【作品赏析】

《天空之城》是由宫崎骏导演,作曲家久石让配乐的动画电影。故事中的主人公男孩叫巴斯,女孩叫希达。巴斯救了从天上落下的带着飞行石的希达。希达是天空之城拉普达族人的孩子,天空之城里拥有无尽的宝藏和控制世界的奇异能力,但只有希达才可以用咒语唤醒天空之城的能量,所以军队和海盗都想找到希达为自己所用。巴斯帮助希达逃避他们,而最后希达用咒语拯救了世界,但是天空之城也因此毁灭。

优秀的背景音乐往往是电影的画龙点睛之笔,它能影响观众的情绪,使电影主题更加深刻地映射到观众的内心中。《天空之城》背景音乐就是电影音乐的经典之作,它的音乐主题与旋律悠扬,场景音乐和画面配合得十分完美,使得观众深深地被影片所流露的情感所感染。

乐曲为C大调,四四拍,三部曲式。引子的前半部分是钢琴,钢琴和乐队构成了和声音响,后半部分过渡到木管乐器组奏出的活泼诙谐的旋律。第一部分,主题是抒情般的旋律,弦乐奏出的旋律温暖流畅,突出了管弦乐队中弦乐组的乐器特点。乐曲的音乐主题形象鲜明,与画面配合相得益彰。主题旋律重复后,音乐进入到第二部分,主题在这里进行了简单的展开,乐队的配器在展开部分中不断丰富织体,把音乐逐渐推向高潮。第三部分是乐曲再现,此时主题旋律在简短的重复再现之后,乐曲点的高潮出现,主题旋律由管弦乐队辉煌的声音奏出。高潮过后音乐情绪快速下降,乐曲最后在颤音琴奏出的声音中结束。

【名家介绍】

久石让(1950—),日本著名音乐人、作曲家、歌手、钢琴家,出生于长野县中野市,国立音乐大学作曲科毕业。"久石让"这个名字的来源是他的偶像——美国黑人音乐家及制作人昆西·琼斯。他把昆西·琼斯这个名字改成日语发音,再联上最近似的汉字姓名,就变成了"久石让"。他的英文名Joe,也可以说是为了向美国配乐大师昆西·琼斯致敬。个人主要音乐活动以担任电影配乐为主,特别是宫崎骏、北野武等导演的作品。在 2010 年前久石让曾七度获得日本电影金像奖最佳音乐奖，并于 2009 年获得日本政府授予紫绶褒章。主要作品：《天空之城》《风之谷》《龙猫》。

【知识链接】

1. 电影配乐

在电影的制作中，配乐是配音的一部分，配乐只处理电影里的音乐。在电影里的音乐可以分为两大类：一为歌舞音乐，一为附带音乐。歌舞音乐大都出现在歌舞片中，歌舞片大都改编自音乐剧，片中歌舞音乐与片中情节的发展息息相关。因此，歌舞音乐在歌舞片中是不可或缺的一部分。至于附带音乐，则在一般剧情片或纪录片中配合映像播出。在无声电影时代，电影只透过映像及简单的文字，就把电影的情节完整地传达出来，而无须音乐的介入。因此，附带音乐在电影中并不是不可或缺的一部分。它的作用通常是制造气氛，强调或提高情绪与场景的接连，此种附带音乐，通称配乐。自有声电影问世后，一般电影的制作都加入大量的配乐，一方面满足观众听觉上的享受，另一方面则使观众由于音乐的引导而更易于欣赏影片。配乐虽非电影不可或缺的一部分，但却是影片中重要的一部分。

2. 推荐作品

《风之谷》《海洋天堂》电影配乐

第九课 《蓝色多瑙河圆舞曲》

【作品推荐】

蓝色多瑙河圆舞曲

佚　　名词
约翰·斯持劳斯曲
杨　毓　英译词
周　　枫配歌

小行板

1=D
135 5－－ 5－－ 501 135 5－－
春天来 了， 大地正欢 笑，

5－－ 507 726 6－－ 6－－ 607
蜜蜂嗡嗡 叫， 风

726 6－－ 6－ 601 135 1－－
吹动树梢。 啊春天来 了，

1－－ 101 335 1－－ 1－－ 102 246
大地正欢 笑， 蜜蜂嗡嗡

6－－ 6#45 3－－ 313 3－2 6－5 100
叫， 凤儿啊 吹动树梢多 美妙。

017 766 06#5 #566 022 3－2
春天 美女郎， 花冠戴头上， 春天来 了

022 6－5 017 766 067 2̇ 1̇ 1̇
春天来 了， 美丽的紫罗兰， 是她的蓝眼睛，

【作品赏析】

蓝色多瑙河圆舞曲是奥地利著名作曲家,被誉为"圆舞曲之王"的小约翰·施特劳斯创作于 1866 年的作品第 314 号,被称为"奥地利的第二国歌"。这首乐曲的全称是"美丽的蓝色的多瑙河旁圆舞曲"。1866 年奥地利帝国在普奥战争中惨败,帝国首都维也纳的民众陷于沉闷的情绪之中,当时小约翰·施特劳斯任维也纳宫廷舞会指挥。为了摆脱这种情绪,小约翰接受维也纳男声合唱协会指挥赫贝克的委托,为他的合唱队创作一部"象征维也纳生命活力"的合唱曲。这时的小约翰·施特劳斯虽已创作出数百首圆舞曲,但还没有创作过声乐作品。这首合唱曲的歌词是他请诗人哥涅尔特创作的。

1867 年 2 月 9 日,这部作品在维也纳首演。因为当时的维也纳在普鲁士的围攻之下,人们正处于悲观失望之中,因此作品也遭到不幸,首演失败。直到 1868 年 2 月,小约翰·施特劳斯住在维也纳郊区离多瑙河不远的布勒泰街五十四号时,把这部合唱曲改为管弦乐曲,在其中又增添了许多新的内容,并命名为"蓝色多瑙河圆舞曲"。

序奏开始时,小提琴在 A 大调上用碎弓轻轻奏出徐缓的震音,好似黎明的曙光拨开河面上的薄雾,唤醒了沉睡大地,多瑙河的水波在轻柔地翻动。在这背景的衬托下,圆号吹奏出这首乐曲最重要的一个音符,连贯优美,高音活泼轻盈,它象征着黎明的到来。接下来是五首连着一起演奏的小圆舞曲,每首小圆舞曲都包含两个相互对比的主题旋律。

第一小圆舞曲描写了在多瑙河畔,陶醉在大自然中的人们翩翩起舞时的情景。主题 A 抒情明朗的旋律、轻松活泼的节奏,以及和主旋律相应的顿音,充满了欢快的情绪,使人感到春天的气息已经来到多瑙河;主题 B 轻松、明快,仿佛是对春天的多瑙河的赞美。

第二小圆舞曲首先在 D 大调上出现,第一部分旋律跳跃、起伏,层层推进,情绪爽朗、活泼,给人以朝气蓬勃的感觉;突然乐曲转为降 B 大调,显得优美委婉,与第一部分形成对比。巧妙而富于变化的第二圆舞曲描写了南阿尔卑斯山下的小姑娘们,穿着鹅绒舞裙在欢快地跳舞,富于变化的色彩显得格外动人。

第三小圆舞曲属歌唱性旋律,主题 A 有优美典雅、端庄稳重的特点;主题 B 具有流动性特点,加强了舞蹈性,呈现出狂欢的舞蹈场面。这段音乐采用了切分节奏,给人以亲切新颖的感觉。

第四小圆舞曲的主题 A 优美动人,富于歌唱性;主题 B 强调舞蹈节奏,情绪热烈奔放,与主题 A 形成了对比。在开始时节奏比较自由,琶音上行的旋律美妙得连作曲家本人也很得意,仿佛春意盎然,沁人心脾。

第五小圆舞曲是第四圆舞曲音乐情绪的继续和发展,只是转到 A 大调上。主题 A 旋律起伏回荡,柔美而又温情;主题 B 则是一段炽热而欢腾的音乐,形成了全曲的高潮。起伏、波浪式的旋律使人联想到在多瑙河上无忧无虑地荡舟时的情景。

最后是全曲的高潮和结尾。乐曲的结尾有两种,一种是合唱型结尾,接在第五小圆舞曲之后,短促、迅速地在热烈的气氛中结束。另一种是管弦乐曲结尾,较长,依次再现了第三小圆舞曲、第四小圆舞曲及第一小圆舞曲的主题,接着又再现了乐曲序奏的主要音调,最后结束在疾风骤雨式的狂欢气氛之中。

【名家介绍】

　　小约翰·施特劳斯（1825—1899），是老约翰·施特劳斯的长子，奥地利著名的作曲家、指挥家、小提琴家，施特劳斯家族的杰出代表。他出生在维也纳一个音乐世家，与父亲同名。被世人誉为"圆舞曲之王"。其作品包括圆舞曲 168 首，波尔卡舞曲 117 首，卡得累尔舞曲 73 首，进行曲 43 首及轻歌剧 16 部。小约翰·施特劳斯的创作活动大致可以分为三个时期：第一时期为 1863 年以前。在这一时期里，他基本遵循维也纳圆舞曲模式，但在作品中增加了音乐的表现力。第二时期为1864—1870 年。这时，他的创作已趋于成熟，创作了大批至今仍广为流传的著名圆舞曲，如《蓝色多瑙河》《维也纳森林的故事》等。第三时期 1871—1899 年。施特劳斯虽然又写出了著名的《南国玫瑰圆舞曲》《春之声圆舞曲》《皇帝圆舞曲》等圆舞曲，但主要从事轻歌剧创作。自 1871 年后的近 30 年中，他陆续写了 16 部轻歌剧。在 J. 奥芬巴赫和 F. 苏佩影响下，他充分运用维也纳圆舞曲及其他舞曲体裁，使维也纳轻歌剧别开生面。

【知识链接】

　　1. 圆舞曲

　　圆舞曲（音译为"华尔兹"）和轻歌剧可以说是 19 世纪民主化社会中，为适应一般群众较通俗品味而形成的"轻音乐"。圆舞曲对我国来说是一种外来的音乐体裁，有时也音译为"华尔兹"。圆舞曲是随着社会的发展，在城市中特别是在维也纳发展起来的。所以，有些圆舞曲也叫维也纳圆舞曲。

　　圆舞曲是在"兰得勒舞曲"基础上发展而来的一种三拍子舞蹈，跳舞时一对对男女舞伴，按照舞曲的节奏旋转打圈，动作轻快、优美，情绪热烈、欢快。这些特点决定了圆舞曲的体裁特征：速度较快，配合上环绕支点音旋转的音调，便生动地产生旋转打圈的动作感。圆舞曲的体裁特征，更鲜明地体现在它的伴奏音型中。典型的圆舞曲伴奏音型是强弱分明的三个均匀的四分音符（在拍则是八分音符），每小节一个和弦，第一拍是强拍，奏和弦的低音。第二、三拍是弱拍，在较高音区奏其他和弦音。

　　圆舞曲出现以前，在欧洲宫廷中流行的都是四平八稳，温文典雅，配合着上层社会小姐、太太拎着裙子屈膝行礼等动作的呆板的舞曲。圆舞曲的出现，它的热情奔放、感情充沛的音乐给城市中的舞曲带来了崭新的面貌和活跃的气氛，所以很快在 19 世纪 40 年代便传遍全欧洲，代替其他舞曲，成为一百多年来最流行的舞曲体裁。并且圆舞曲在创作实践中逐渐形成了供伴舞用的实用性圆舞曲和供音乐会演奏用的艺术性圆舞曲两种类型。

　　2. 推荐作品：

　　《春之声圆舞曲》《溜冰圆舞曲》

第十课 《今夜无人入睡》

【作品推荐】

今夜无人入睡

歌剧《图兰朵》选曲

【意】裘赛佩.阿达米词
【意】普契尼曲
储芳冷译配
吉律制谱

1=G 4/4
稍慢的行板

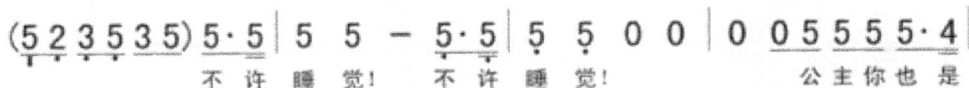

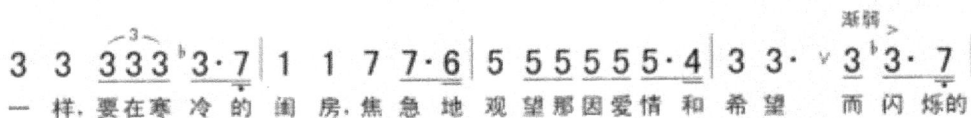

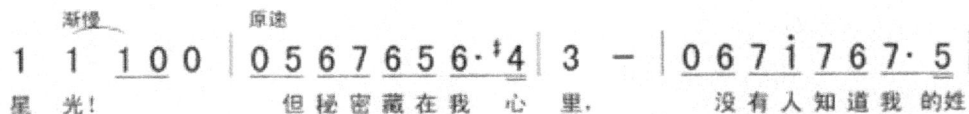

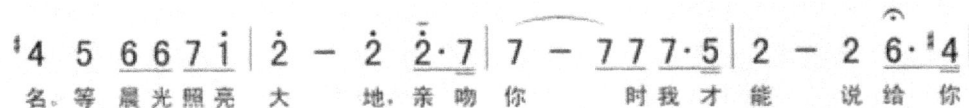

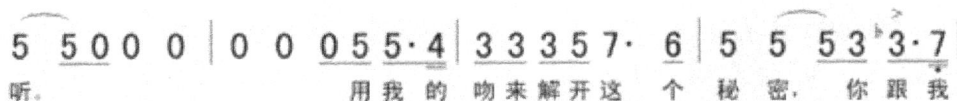

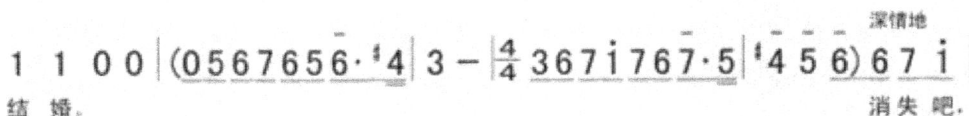

【作品赏析】

　　此曲出自歌剧《图兰朵》，是意大利歌剧作家普契尼最伟大的歌剧作品之一，也是他的绝笔之作。《图兰朵》为三幕剧，于1926年首演于米兰的斯卡拉歌剧院。该剧讲述了一个西方人想象中的中国传奇故事。图兰朵是中国元朝的一位公主，她美丽残暴，为了报祖先暗夜被掳走之仇，她想出一个妙计：谁想娶她为妻，都必须回答出她的三道谜题，只有答对者才有机会娶她，否则便要被处死。流亡中国的鞑靼王子卡拉夫最终以自己的爱融化了图兰朵冷漠的心，并与之结婚。由于歌剧中采用了中国江南清新隽永、婉转流畅的民歌《茉莉花》的旋律而备受中国乐迷的青睐。

　　《今夜无人入睡》是剧中最为著名的咏叹调，出现在第二幕卡拉夫王子要求图兰朵公主说出他的名字，图兰朵下令连夜彻查全城，全城无人入睡情境下的演唱。该曲为三部曲式。

　　第一部分，采用宣叙调的写作手法，以平和、缓慢的旋律和节奏音型为主，乐句间联系紧凑，音调色彩暗淡，营造出一种静谧、孤寂的气氛。卡拉夫王子仰望星空，心中充满了对图兰朵无限的爱，同时也表现出他对赢得最后胜利的坚定信心。

　　第二部分，进入咏叹调部分，调性由前面的G大调转为D大调，同时音调色彩也发生了变化，较前一部分更加明朗。旋律优美抒情，特别是持续高音的运用，唱出了主人公盼望黎明到来的急切心情和按捺不住内心狂喜心情。

　　过渡段旋律素材取自第二部分，起到承上启下的作用。

　　第三部分，弦乐队重复歌曲主题旋律，伴随着人声的进入，一并将歌曲推向最辉煌的高潮。作品结束部分的高音B，为全曲最高音，充分表现出卡拉夫自信、刚毅的性格和对公主炽爱之情。

　　作品原唱是鲁契亚诺·帕瓦罗蒂（1935—2007），世界三大男高音之一，著名的意大利男高音歌唱家。早年是小学教师，1961年在雷基渥·埃米利亚国际比赛中的扮演鲁道夫，从此开始歌唱生涯。1964年首次在米兰·斯卡拉歌剧院登台。翌年，应邀去澳大利亚演出及录制唱片。1967年被卡拉扬挑选为威尔第《安魂曲》的男高音独唱者。从此，声名节节上升，成为活跃于国际歌剧舞台上的最佳男高音之一。帕瓦罗蒂具有十分漂亮的音色，在两个八度以上的整个音域里，所有音均能迸射出明亮、晶莹的光辉。帕瓦罗蒂在 40 多年的歌唱生涯中，不仅创造了作为男高音歌唱家和歌剧艺术家的奇迹，还为古典乐和歌剧的普及做出了杰出贡献。

【名家介绍】

普契尼（1858—1924），是继威尔第之后意大利最伟大的歌剧作曲家，毕业于米兰音乐学院，是"真实主义"歌剧乐派的代表人物。这一流派追求题材真实、感情鲜明、戏剧效果惊人的浪漫主义作品，代表作品有《波希米亚人》《托斯卡》《蝴蝶夫人》《艺术家的生涯》《西部女郎》《图兰朵》等歌剧，也是世界上最常演出的歌剧种类之一。这些歌剧当中的一些歌曲已经成为现代文化的一部分，其中包括了《贾尼·斯基基》的《亲爱的爸爸》与《图兰朵》中的《今夜无人入睡》在内。

【知识链接】

1. 咏叹调

咏叹调是一个声部或几个声部的歌曲，现专指独唱曲。咏叹调的词义就是"曲调"，它出现在 17 世纪末，随着歌剧的迅速发展，人们不再满足于宣叙调的平淡，希望有更富于感情色彩的表现形式。因此从诞生之初，它就在各方面与宣叙调形成对比，其特征是富于歌唱性（脱离了语言音调）、长于抒发感情（而不是叙述情节）、有讲究的伴奏（宣叙调则有时几乎没有伴奏或只有简单的陪衬和弦）和特定的曲式（多为三段式；宣叙调的结构则十分松散）。此外，咏叹调的篇幅较大，形式完整，作曲家们自有用武之地，还经常给演员留出自由驰骋的空间，让他们可以表现高难的演唱技巧。因此，几乎所有著名的歌剧作品中，主角的咏叹调都是脍炙人口的佳作。当时，对宣叙调感到乏味的听众非常喜爱咏叹调，以至到 18 世纪，咏叹调完全统治了歌剧。到了现代，情况有了很大的变化。如在瓦格纳的后期歌剧中，不论宣叙调还是咏叹调，都不像前人的歌剧那样拘泥形式、严格区分；他将两者融会贯通，成为声乐线条，按戏剧情景的需要自由运用。瓦格纳以来的歌剧趋向于大量使用宣叙调，只有极短的经过句用咏叹调格式；同时，乐队部分则起到主题延续和展开的作用。

2. 推荐作品

《蝴蝶夫人》——《晴朗的一天》

《茶花女》——《饮酒歌》

第四章

名画欣赏

第一课 《游春图》

【作品推荐】

【作品赏析】

《游春图》作者是展子虔,是北齐至隋之间(约 550—600)的一位大画家,他擅画山水人物,这幅经宋徽宗题写为展子虔所作的《游春图》卷,是画家传世的唯一作品,也是迄今为止存世最古的画卷。

此图描绘了江南二月、桃杏争艳时人们春游的情景。全画以自然景色为主,放目远眺,青山耸峙,江流无际,花团锦簇,湖光山色,水波粼粼,人物、佛寺点缀其间。笔法细劲流利,在设色和用笔上,颇为古意盎然,山峦树石皆空勾无皴,但线条已有轻重、顿挫的变化。以浓烈色彩渲染,烘托出秀美河山的盎然生机。

这幅画的技法特点是以线勾描物象,色彩明丽,人物直接以粉点染。其双勾夹叶法和点花法等对唐李思训一派"青绿山水"产生很大影响。

图中的山峦树石皆用细笔勾勒轮廓,而不加皴斫,线条无甚大的粗细提按变化,然却显得朴拙劲朗；所绘人物全以细劲的线条勾描，纤如毫发，人物形态虽无太大的变化，然却神采奕奕；其画山水，更是一丝不苟，画面显得柔美流畅；而所绘树叶，纵有勾笔、散点画法，却类似"个""介"字点法，似不成形，却显得朴拙古拗。那山顶坡脚的点苔，劲健爽朗，显得浑朴谨拙；树虽绘有多种，树干形态却千篇一律，无甚穿插多姿的变化，似游离于山石坡顶，但由于运笔较为成熟，笔法墨法有轻重变化，虽未用皴法，却仍能看出山石树木的质感。这种画山石不作皴斫，画松干不用松鳞，画松枝不作细针，即"山不似山，树不似树"的笔法特征，正好展现出山水画从雏形阶段发展到初创时期的风格特征。这正是三国两晋南北朝后山水画的表现方式。既改变了远古山水"若伸臂布指"的那种稚拙的山水图式，也体现出隋时这种"盖创为山水之初，法之未备然耳"（詹景凤语）的山水样式。

而山石树木虽然空勾无皴，然全以色渲染。全图山水以青绿设色为主。山顶以青绿敷之，山脚则用泥金；树叶设色，或以色染，或以色填，或点以白粉桃红，松树不写松针，直以深绿点之。全图在青绿设色的统一格调下，显得激滟而生拙，丰富而单纯，富丽而古艳，充分展示出我国早期山水设色那种"青绿重彩，工细巧整"的样式，标志着山水画的创作，已从原先设色古艳而富有装饰意味的图式，向较为完整的山水画创作过渡，自此始开"青绿山水"之源。

《游春图》的章法布置也极有特色。右上部分绘有崇山峻岭，山峦起伏，数峰叠起；右下部绘有土坡，低坡丛树，山路逶迤，既为崇山峻岭的下段延伸，又作为铺垫，使全图具有稳重感。左下部绘一低峦小山，与右上边山脉遥相呼应，形成对比；中间绘有大片水域，波光激滟，湖天一色。一小船点缀其间，船内绘有三四人物，姿态不同，形态各异。全图比例恰当，层次分明。这种以山水为主体，人物为点景，恰当配以殿阁舟桥，并开始注意客观物象之间的远近、高低、大小的一般关系，以及深度、层次、比例等透视关系的变化处理，使山水画创变得较为合乎现实生活的新格局，这正是隋朝山水画的特有表现形式。

《游春图》的出现，结束了"人大于山和水不容泛、树木若伸臂布指"的早期幼稚阶段，使山水画进入青绿重彩、工整细巧的崭新阶段。

【作者介绍】

展子虔（约550—604），北周末隋初杰出画家，汉族，渤海（今山东阳信县温店镇郭家楼村）人。他是现在唯一有画迹可考的隋代著名画家，在中国绘画史上占据着重要位置。历北齐、北周入隋任朝散大夫，帐内都督。擅画人物、山水及杂画，几无所不能，人物描法细致，以色景染面部；画马入神，立马有足势，卧马则腹有腾骧起跃之势，与董伯仁齐名；亦工台阁，但不及董伯仁；写山水远近，有咫尺千里之势。曾在洛阳天女寺、长安灵宝寺、崇圣寺等绘制佛教壁画。传世作品《游春图》是中国山水画中独具风格的画体，亦是中国现存最古的卷轴山水画。

【知识链接】

1. 青绿山水

山水画的一种，用矿物质石青、石绿作为主色的山水画。有大青绿、小青绿之分。前者多钩廓，少皴笔，着色浓重，装饰性强；后者是在水墨淡彩的基础上薄罩青绿。

元代汤垕说："李思训着色山水，用金碧辉映，自为一家法。"南宋有二赵（伯驹、伯骕），以擅作青绿山水著称。明代有仇英、张宏以实景青绿山水闻名画坛，开创了青绿山水画的新格局。"青绿山水"至明代形成了一个发展高峰，涌现出了很多优秀的山水画家，画法不断推陈出新，使青绿山水这一传统题材得到长足发展。中国的山水画，先有设色，后有水墨。设色画中先有重色，后来才有淡彩。清代张庚说："画，绘事也，古来无不设色，且多青绿。"

2. 推荐作品

赵伯驹《江山秋色图》

赵孟頫《鹊华秋色图》

张宏《青绿山水图》

第二课 《富春山居图》

【作品推荐】

【作品赏析】

现存的《富春山居图》分两卷，前半卷为《富春山居图·剩山图》，纵 31.8 厘米，横 51.4 厘米，馆藏于浙江省博物馆；后半卷为《富春山居图·无用师卷》，纵 33 厘米，横 636.9 厘米，馆藏于台北故宫博物院。2011 年 5 月 18 日，《剩山图》点交仪式在京举办，于 6 月 1 日在台北故宫与《无用师卷》合展。自此，完整的《富春山居图》才得以展现在国人面前。

黄公望的《富春山居图》这幅山水长卷，是我国艺林的瑰宝，它取材于风景秀丽的富春山水。据记载，黄公望晚年放浪江湖，爱富春山水之胜，泼墨画《大岭山图》，他死后葬于附近的庙山坞。

值得高兴的是，经历了 630 年漫长的岁月，我们今天还能看到这件著名的山水长卷的一部分，它能流传到现在，有过不平凡的经历。据说，这幅画在明清两代，曾为许多画家辗转收藏，后来，到了一个姓吴的收藏家手里，他临死时，嘱咐家人将《富春山居图》等书画烧掉，作为他的殉葬品。幸亏他的儿子不忍这幅名画成灰，从火中救出此画。但画得开头和中间部分已被烧毁，从此，《富春山居图》一分为二，成为前后两段。

原画主要是描写浙江富春江一带的山水景色。所画富春江两岸树木，似初秋景色，十几个峰，一峰一状；几十棵树，一树一态，雄秀苍莽；变化多端，茂林村舍，渔舟小桥，亭台飞泉，令人目不暇接,丰富而自然。用笔简练,使水墨发挥了极大作用,对以后水墨山水画的发展有很大影响。丘陵起伏,峰回路转,江流沃土,沙町平畴。云烟掩映村舍,水波出没渔舟。近树苍苍,疏密有致,溪山深远,飞泉倒挂。亭台小桥,各得其所,人物飞禽,生动适度。正是"景随人迁,人随景移",达到了步步可观的艺术效果。这幅山水画长卷的布局由平面向纵深展宽,空间显得极其自然,使人感到真实和亲切,笔墨技法包容前贤各家之长,又自有创造,并以淡淡的赭色作赋彩,这就是黄公望首创的"浅绛法"。整幅画简洁明快,虚实相生,具有"清水出芙蓉,天然去雕饰"之妙,集中显示出了黄公望的绘画艺术特色和心灵境界,被后世誉为"画中之兰亭"。时至今日,当人们从杭州逆钱塘江而入富阳,满目青山秀水,景色如画,就会自然地联想到《富春山居图》与两岸景致在形质气度上的神合,从心底里赞叹作者认识生活,把握对象的精髓,进而提炼、概括为艺术形象的巨大本领。记载中所讲的《大岭山图》,就是富阳大岭山的写生画。这大岭山,距县城只有四五华里,位于县城东面东洲沙的大坝旁边。所提到的鸡笼山,庙山坞,均离大岭山二三华里,这一带,确实是具有典型富春山水风味的好地方,跨过古老的白鹤桥,脚踏绿树的浓荫,耳听叮咚的泉声,眼看累累果实,步行在林间平坦的山径上,陶醉在芳草的馨香中,令人忘记了暑热,忘记了疲劳。

600多年的风雨霜雪,使黄公望的坟墓遗址无处可寻,但他的名字和《富春山居图》却名扬中外。富阳人民对这位卓越的绘画大师描绘的富春山水引以为自豪,并将继承他的美好愿望,用自己的双手和智慧,描绘出最新最美的富春山居图景。

【作者介绍】

黄公望(1269—1354),元代画家。本姓陆,名坚,汉族,江苏常熟人。后过继永嘉府(今浙江温州市)平阳县黄氏为义子,因改姓名,字子久,号一峰、大痴道人。中年当过中台察院掾史,后皈依全真教,在江浙一带卖卜。擅画山水,师法董源、巨然,兼修李成法,得赵孟頫指授。所作水墨画笔力老道,简淡深厚。又于水墨之上略施淡赭,世称"浅绛山水"。晚年以草籀笔意入画,气韵雄秀苍茫,与吴镇、倪瓒、王蒙合称"元四家"。擅书能诗,撰有《写山水诀》,为山水画经验创作之谈。存世作品有《富春山居图》《九峰雪霁图》《丹崖玉树图》《天池石壁图》等。

【知识链接】

1. 水墨画

水墨画指纯用水墨所作的中国画。据画史记载始于唐,成熟于宋,兴盛于元,明、清以后有进一步发展。讲究笔法层次,充分发挥水墨特殊的晕染作用,以求取得"水晕墨章"而"如兼五彩"的独特艺术效果,在中国绘画史上占有重要地位。

2. 山水画

简称"山水"，以山川自然景观为主要描写对象的中国画。形成于魏晋南北朝时期，但尚未从人物画中完全分离。隋唐时始独立，五代、北宋时趋于成熟，成为中国画的重要画科。传统上按画法风格分为青绿山水、金碧山水、水墨山水、浅绛山水、小青绿山水、没骨山水等。

3. 水墨山水画

水墨画是中国画的一个分枝，主要是由文人画发展起来的，全部用墨色来画，以用笔，用墨的技法为技巧，墨分五色，为浓、淡、焦、干、湿。

水墨山水就是纯用水墨不设颜色的山水画体。相传始于唐，成于宋，盛于元，明清两代又有所发展。作画讲究立意隽永，气韵生动，并形成了整套以水墨为主体的表现技法。其笔法以勾斫、皴擦、点染为主导，长于结构和质感的表现；其墨法于墨的浓淡干湿，泼破积烘为主导，有"水晕墨章""如兼五彩"的效果，长于体积和气韵的展现。在理论上强调有笔有墨，笔墨结合，以求达到变化超妙的境界。

4. 推荐作品

黄公望《九峰雪霁图》《丹崖玉树图》《天池石壁图》

第三课　《清明上河图》

【作品推荐】

【作品赏析】

《清明上河图》，中国十大传世名画之一，由北宋画家张择端绘制，宽 24.8 厘米，长 528.7 厘米，绢本设色，为国宝级文物，现存于北京故宫博物院。名为《清明上河图》的画幅很多，有人统计，现存《清明上河图》有 30 多本，其中大陆藏 10 余本，台湾藏 9 本，美国藏 5 本，法国藏 4 本，英国和日本各藏 1 本，光是台北故宫博物院就藏有 7 本。但是，真本只有一幅。经过众多学者、专家的研究，大家一致认定现藏北京故宫博物院的这幅是北宋张择端的原作。

全图共分为三个段落：首段绘汴京郊野的春光；中段绘繁忙的汴河码头；后段绘热闹的市区街道。在总计 5 米多长的画卷里，画家共绘制了数百个人物，牛、马、骡、驴等牲畜五六十匹，车、轿 20 多辆，大小船只 20 多艘。房屋、桥梁、城楼等也各有特色，体现了宋代建筑的特征。

但是，《清明上河图》始终是以刻画人物为中心的。画家巧妙地将各种人物安排在生活背景中，唇齿相依，自然和谐。随着画面的不断展开，人物位置的安排也恰如其分。整幅画卷真实地体现了不同人物的体态形貌，数百个人物，不同行业、年龄、性格、活动、人物虽高不过寸，但须眉毕现，栩栩如生，并能真实地体现人物的思想情感和生活情趣，或紧张，或闲适，或冷漠，或焦虑等，作者生动逼真的刻画与描绘可以说入木三分，达到了极致。

在表现手法上，作品以不断移动视点的办法，来摄取所需的景象。大到广阔的原野、浩瀚的河流、高耸的城郭，细到舟车上的钉铆、摊贩上的小商品、市招上的文字，和谐地组织成统一整体。

可贵的是,如此丰富多彩的内容,主体突出,首尾呼应,全卷浑然一体。画中每个人物、景象、细节,都安排得合情合理,疏密、繁简、动静、聚散等画面关系,处理得恰到好处,达到繁而不杂,多而不乱。充分表现了画家对社会生活的深刻洞察力及高度的画面组织和控制能力。

在技法上,大手笔与工笔相结合,作者善于选择那些既具有形象性和富于诗情画意,又具本质特征的事物、场面及情节加以表现。用十分细致入微的生活观察来刻画每一位人物、道具。画中人物衣着不同,神情各异,其间穿插各种活动,注重戏剧性,构图疏密有致,注重节奏感和韵律的变化,笔墨章法都非常巧妙。

当我们欣赏《清明上河图》时,还应当清楚地感觉到,中国画与西方画有一个很大的区别。在西方艺术作品中常见的"焦点透视"。而中国画《清明上河图》的这种体现方式叫作"散点透视"。

打一个比方,画家像一个导游,而看画的人则像一个游客。西方的导游,可以原地不动,看到什么,就给游客介绍什么。这是在西方艺术作品中常见的"焦点透视"。而中国的画家与采取全景式构图,像是在飞机上俯瞰大地,空间跨度可以无限延展。

《清明上河图》在构图上巧妙灵活地运用了这种传统的透视原理,体现了繁多而连续的场景内容,或是远望,或是近观,画家的视角似乎总在流动变化,自由自在,随心所欲,无论视角如何变换,整个画面却有一种气韵贯穿其中,浑然一体,丝毫不显得呆板和突兀。张择端在这幅画巨作中将"散点透视法"的运用发挥到了极致,展示了他惊人的艺术才华和艺术体现力。

【作者介绍】

张择端(1085—1145),北宋画家,字正道,汉族,琅琊东武(今山东诸城)人。宣和年间任翰林待诏,擅画楼观、屋宇、林木、人物。所作风俗画市肆、桥梁、街道、城郭刻画细致,界画精确,豆人寸马,形象如生。存世作品有《清明上河图》等。

他自幼好学,早年游学汴京(今河南开封),后习绘画。宋徽宗时供职翰林图画院,专工界画宫室,尤擅绘舟车、市肆、桥梁、街道、城郭。后"以失位家居,卖画为生,写有《西湖争标图》《清明上河图》"。他是北宋末年杰出的现实主义画家,其作品大都失传,存世的《清明上河图》《金明池争标图》,为我国古代的艺术珍品。《清明上河图》作品现存北京故宫博物院。另外,天津艺术博物馆藏有署名"张择端"的小幅《西湖争标图》,系委托之作,该作品已经转到天津博物馆。《清明上河图》尚存,是《东京梦华录》《圣畿赋》《汴都赋》等著作的最佳图解,具有极大的考古价值,不仅继承发展了久已经失传的中国古代风俗画,还继承了北宋前期历史风俗画的优良传统。

【知识链接】

1. 半工半写

国画的一种画法，是由大写意和工笔相结合而成的一种画法，大写意气势磅礴、浑厚大气，工笔细致入微，形神兼备惟妙惟肖，齐白石在花鸟中常常运用此画法，给人们留下了大量的艺术作品。

2. 推荐作品

齐白石《蛙声十里出山泉》

任伯年《三友图》

张择端《金明池争标图》

第四课　《送子天王图》

【作品推荐】

【作品赏析】

《送子天王图》又名《释迦降生图》，乃"画圣"吴道子根据佛典《瑞应本起经》绘画。该画内容为《瑞应本起经》所云："净饭王严贺抱太子谒大自在天神庙，时诸神悉起礼拜太子足。父王惊叹曰：我子于天神中更尊胜，宜字天中天。"即描写佛教始祖释迦牟尼降生后，他的父亲净饭王抱着他进入神庙，诸神向他礼拜的故事。

画卷前段，描写送子之神及其所骑瑞兽向前奔驰的动态，雍容自若的天王端坐，两旁是执笏文臣、捧砚天女及仗剑围蛇的武将力士；画卷后段，净饭王及摩耶夫人形象均作中华帝后装束，小心翼翼地捧着太子（即释迦牟尼）缓步而持重地趋前进谒，体魄健伟、鬓发飞扬的天神仓促地匍匐下拜，从而突出刚刚降生的太子的非凡与无上的威严。

这幅画卷构图完整，线条遒劲而多变化，人物性格和心理活动的刻画都鲜明生动，拂地的飘带，行笔飞舞，舒卷自如，墨线如"莼菜条"。真是"行笔磊落，挥霍如莼菜条，圆间折算，方圆凹凸"，用笔起伏变化，状势雄峻而疏放，这正是吴道子的笔法特征。

此图虽然描写异域故事，但是画中的人、鬼神、兽等却完全加以中国化，乃是当时佛教于中国本土变化至唐后日趋融合之势所致。图中意象繁富，以释迦降生为中心，天地诸界情状历历在目，技艺高超，想象奇特，令人神驰目眩。图中天王按膝端坐，怒视奔来的神兽，一个卫士拼命牵住兽的缰索，另一卫士拔剑相向，共同将其制服。天王背后，侍女磨墨、女臣持笏秉笔，记载这一大事，这是第一部分。净饭王抱持圣婴，稳步前行，王后拱手相随，侍者肩扇在后,这是第二部分。就这两部分来看,激烈与平和,怪异与常态,天上与人间,高贵与卑微,疏与密,动与静,喜与怒,爱与恨,构成比照映衬又处处交融相合。天女捧炉、鬼怪玩蛇、神兽伏拜的内容,则将故事的发展表现出了层次,通过外物的映衬将主要人物的内在心态很好地表现出来。画卷中人物神情动作、鬼怪、神龙、狮象等都描绘得极富神韵,略具夸张意味的造型更显出作者"出新意于法度之中,寄妙理于豪放之外"的艺术追求和艺术趣味。

从这幅画中,我们可以看出了吴道子在运用线条的方法拥有极高的造诣,能准确生动地刻画人物的精神气质,并达到形神兼备的境界,真是令人叹为观止。吴道子作为中古时代中国绘画艺术的高峰,出现在世界艺坛上,是我们中华民族的骄傲!

【作者介绍】

吴道子(生卒不详),唐代画家。约生于唐高宗时代,活动于玄宗开元、天宝年间。阳翟(今河南禹县)人。据传他初从张旭、贺知章学书法,后改学画。曾任兖州瑕丘县尉,因画名召入宫廷,改名道玄,授内教博士,官至宁王友。

吴道子是画史上十分有名的人物,被尊为"画圣",民间画工则奉为"祖师"。他擅长人物画,主要画宗教题材壁画,据载有 300 幅之多。他画衣纹自有一套,服饰如当风飘舞、富有动感,被誉为"吴带当风"。苏轼对吴道子有极高的评价,他说"画重于吴道子,而古今之变,天下之能事毕矣"。画作有《明皇受箓图》《十指钟馗图》,入《历代名画记》;《孔雀明王像》《托塔天王图》《大护法神像》等 93 件,入《宣和画谱》;传世作品有《送子天王图》,皆为后人托名摹本。

【知识链接】

1. 工笔人物

工笔人物是以人物活动为主要描写对象的中国画传统画科,是中国画里直接反映现实的画科。工笔人物画有淡彩、重彩之分。因题材类别的不同分为许多支科:描写历史故事与现实人物者称人物,描写仙佛僧道者称道释,描写社会风俗者称风俗,描写妇女者称仕女,肖像画称写真。又因画法样式上的区别分为若干类别:刻画工细勾勒着色者名工笔人物,画法洗练纵逸者名简笔人物或写意人物,画风奔放水墨淋漓者名泼墨人物,纯用线描或稍加墨染者名白描人物,以线描为主但略施淡彩于头面手足者名吴装人物。人物画是中国画里直接反映现实的画科,在中国画各科中最富于认识价值与教育意义。

2. 推荐作品

顾恺之《洛神》

陆探微《燕太子丹图》

何家英《米脂的婆姨》

第五课 《写生珍禽图》

【作品推荐】

【作品赏析】

《写生珍禽图》是黄筌传世的重要作品。黄筌是五代后蜀画家，字要叔，成都（今属四川）人。历仕前蜀、后蜀，官至检校户部尚书兼御史大夫。但他善于多师广取，花卉取法滕昌佑，山水松石学李升，鹤师薛稷，人物龙水学孙位等，博采众长，自成一家。作品多描绘宫廷内的异卉珍禽，画鸟羽毛丰满，画花浓丽工致。传说当时有使节向蜀主进献白鹰，宫殿的壁上有黄筌画的兔、禽，栩栩如生，白鹰见了，屡欲搏之。

《写生珍禽图》图卷，绢本，设色画，纵41.5厘米，横70.8厘米。《写生珍禽图》乃传世珍品，图中画了鹡鸰、麻雀、鸠、龟、昆虫等动物20余件，排列无序，但每一件动物都刻画得十分精确、细微，甚至从透视角度观之也无懈可击。此画标志着中国画中的花鸟画从早期的粗拙臻于精美，中国的花鸟画家已经具备完善的写实能力。勾廓填彩，本是中国画的一种独具特色的绘画方法,但与早于此图的唐代人物画与山水画相比较,此图勾轮廓的墨线大都非常轻细,似无痕迹,所赋色彩,也明显区别于唐画的浓烈艳丽,而是以淡墨轻色,层层敷染,更重质感。这种绘画风格,注重表达物象的精微、逼真,似乎有些接近于现代的照相再现。

画家用细密的线条和浓丽的色彩描绘了大自然中的众多生灵,在尺幅不大的绢素上画了昆虫、鸟雀及龟类共 24 只,均以细劲的线条勾出轮廓,然后赋以色彩。这些动物造型准确、严谨,特征鲜明。鸟雀或静立,或展翅,或滑翔,动作各异,生动活泼;昆虫有大有小,小的虽仅似豆粒,却刻画得十分精细,须爪毕现,双翅呈透明状,鲜活如生;两只乌龟是以侧上方俯视的角度进行描绘,前后的透视关系准确精到,显示了作者娴熟的造型能力和精湛的笔墨技巧,令人赞叹不已。画面中 24 只小动物均匀地分布,它们之间并无关联,亦无一个统一的主题,但每一件动物都刻画得十分精确、细微,甚至从透视角度观之也无懈可击。画幅的左下角有一行小字:"付子居宝习",意为画了给儿子临习之用。虽然不是一幅完整的构图,却是一幅写生作品,而且有严格不懈的构图关系所在。

它是中国花鸟画的代表作,中国花鸟画的立意往往关乎人事,它不是为了描花绘鸟而描花绘鸟,不是照抄自然,而是紧紧抓住动植物与人们生活遭际、思想情感的某种联系而给以强化的表现。它既重视真,要求花鸟画具有"识夫鸟兽木之名"的认识作用,又非常注意美与善的观念的表达,强调其"夺造化而移精神遐想"的怡情作用,主张通过花鸟画的创作与欣赏影响人们的志趣、情操与精神生活,表达作者的内在思想与追求。

表现在造型上,此图重视形似而不拘泥于形似,甚至追求"不似之似"与"似与不似之间",借以实现对象的神采与作者的情意。在构图上,它突出主体,善于剪裁,时画折技,讲求布局中的虚实对比与顾盼呼应,而且在写意花鸟画中,尤善于把发挥画意的诗歌题句,用与画风相协调的书法在适当的位置书写出来,辅以印章,成为一种以画为主的综合艺术形式。

由此可见,《写生珍禽图》堪称绝世之作,是中国花鸟画史上的一座丰碑,其艺术价值超越千古!

【作者介绍】

黄筌(约 903—965),字要叔,五代西蜀画家。成都(今四川成都)人。17 岁时即以画供奉内廷,曾任翰林待诏,主持翰林图画院,又任如京副使。任前后蜀宫廷画师 40 余年。官至检校户部尚书兼御史大夫。擅山水、人物、龙水、松石,尤精花鸟草虫,师法李昇、孙位,对刁光胤的花鸟画师法尤深,并加增损,创出一种新的风格。其花鸟画重视观察体会花鸟的形态习性,所画翎毛昆虫,形象逼真,手法细致工整,色彩富丽典雅。因他长期供奉内廷,所画多为珍禽瑞鸟,奇花异石,画风工整富丽,反映了宫廷的欣赏趣味,被宋人称为"黄家富贵"。今有《写生珍禽图》传世。子黄居寀、黄居宝等亦擅花鸟,承其

父法，黄居寀有《山鹧棘雀图》传世。黄氏父子的画风深得北宋宫廷喜爱，对宋代院体画有极大影响，长时间内成为画院花鸟画创作的标准。与徐熙并称"黄徐"，风格上"黄筌富贵，徐熙野逸"。

【知识链接】

1. 工笔花鸟画

工笔花鸟画是运用中国特制的毛笔、中国画颜料，在专用的熟宣纸或矾绢进行严谨精致花鸟画创作的一种特殊的画种与技法。工笔花鸟画多以中锋用笔的铁线描、高古游丝描进行结构塑造，表现方法工整细致，先勾后染，设色艳丽，富有装饰性。在对花鸟描绘的过程中，通过白描造型、勾勒填彩，再采用分染、罩染、统染、点染、接染、撞水、碰色等技法描绘对象，产生栩栩如生、精致动人的视觉效果。中国工笔花鸟画在精神内涵上，以形传神，形神兼备，崇尚意境和情趣，追求主观精神的表达和体现，因此，工笔画是"笔工而意写"。不仅是"应物象形"，而且是意象的写实性，在能动的观察与写生的基础上，经过艺术的再创作，追求传神写照，从而达到气韵生动的艺术效果。

2. 推荐作品：

徐熙《玉堂富贵图》

边景昭《三友百禽图》

恽南田《瓯香馆集》

第六课　《孟特芳丁的回忆》

【作品推荐】

【作品赏析】

《孟特芳丹的回忆》，柯罗所作布面油画，尺寸为 64 厘米×88 厘米，现藏于法国巴黎的罗浮宫。

这一幅《孟特芳丹的回忆》，是柯罗晚期最成熟，也是最具代表性的风景杰作之一。孟特芳丹位于巴黎以北桑利斯附近，柯罗曾涉足那里，感受过那一片花园景色的美。这幅画就是艺术家对这一美景的回忆。画面展开在湖边森林的一角，晨雾初散，清新的林地与湖面的水气构成一种温暖湿润的大自然感觉。右侧一棵巨树占去画面约五分之三，对面一棵小枯树与它相呼应，加强了画面的平衡感。树枝朝着一个方向倾斜，使画面显得和谐而富有节奏。两树的中间显现平静如镜的湖面。和煦的阳光从树叶间散落到草地上，点醒了四处绽开的红色小花。一个穿红裙的妇女面朝着左侧的那棵小树，仰着头举起双手采摘着树干上的草蕈。在整幅画上，这三个人物显得生意盎然。画家虽把他们都处理在一边，但却疏密有致。

柯罗画风景，常常喜欢在前景画上几棵柔弱斜倚的树枝，来加重画面的抒情性。这幅画中左侧的那棵小树，也属这种情况。看那小树歪扭的姿势，显然是由于风的长期吹拂所造成。它倾斜的枝干更显出婀娜多姿的舞蹈美，给整幅画平添了无限诗意。妇女的红裙与头巾是全景的最强音。在恬静、优美的湖边景色中，银灰色的迷离雾气映衬出正在采摘草蕈和野花的妇女与孩子，不仅生意盎然，而且情景交融，弥漫着田园诗般的梦幻情致。细细品味此画，观者几乎可以听到细枝与树叶的瑟瑟声。这种大自然的情趣绝不是梦幻却胜似梦幻。画家完全用暖色铺染画面，整个色调显得细声细语，没有激情，只有和谐。如果没有画家对自然美的强烈感受，是难以给人们留下这么多难忘的印象的。这是一幅理想的风景画，也是一幅真实的抒情画。

热爱自然是画风景的首要条件。柯罗十分热爱大自然，他曾说"艺术就是爱"，"当你画风景时，要先找到形，然后找到色，使色度之间很好地联系起来，这就叫作色彩。这也就是现实。但这一切要服从于你的感情"。这简短的几句话，也许正是柯罗的风景画的全部秘密所在。柯罗一生还未体验过渴求订件或拼命赶制的心情。他的后半生没有卖过一件作品。一旦下雨，他就安心等待天晴之后再去写生，他喜欢明朗的晴天。在他看来，写生之作只是为在画室里创作所做的素材准备。这说明，柯罗的风景画之魅力，不是由于他善于写生，而是他从生活中提炼出所发现的美。

【作者介绍】

卡米耶·柯罗（1796—1875），法国画家。他虽然属于巴比松画派，但居住在巴比松村的时间并不长，他喜欢旅行，1826年首次到意大利留学。回国后，在枫丹白露、布列塔尼等地旅行，在巴比松小住，确立了他抒情风景画派的基本风格。其后，他三次赴意大利，画了许多优美的风景，他对光和空气的描绘，常常被认为是印象主义画家的先驱者。这一点尤其突出地表现在阳光的明亮，他一反过去画家把暗部画得很暗的做法，而努力使暗部画得透明、鲜艳，从而使整个画面的亮度大大提高。

【知识链接】

1. 巴比松画派

巴比松画派是法国19世纪的风景画派。巴比松为法国巴黎枫丹白露森林进口处，风景优美。19世纪30至40年代,一批不满七月王朝统治和学院派绘画的画家,陆续来此定居作画,形成画派。该画派不仅以写实手法表现自然的外貌,并且致力于探索自然界的内在生命,力求在作品中表达出画家对自然的真诚感受,以真实的自然风景画创作否定了学院派虚假的历史风景画程式,揭开了19世纪法国声势巨大的现实主义美术运动的序幕。这批画家摆脱了古典主义艺术的虚伪和做作,同时也摒弃了荷兰风景画中的模仿画风,提出"面对自然,对景写生"的口号,走上了以农村真实景象为描绘题材的独立道路,进入一种全新的境界。代表人物有米勒、柯罗、卢梭、查克、迪亚兹、特罗雍、杜普雷与杜比尼。

2. 推荐作品

亨利·卢梭《枫丹白露之夕》

让·弗朗索瓦·米勒《晚钟》

康斯坦·特罗扬《暴风雨将临》

第七课 《日出·印象》

【作品推荐】

【作品赏析】

　　这幅名画是莫奈于 1873 年在阿弗尔港口画的一幅写生画。他在同一地点还画了一张《日落》，在送往首届印象派画展时，两幅画都没有标题。一名新闻记者讽刺莫奈的画是"对美与真实的否定，只能给人一种印象"。莫奈于是就给这幅画起了个题目——《日出·印象》。

　　图中描绘的是在晨雾笼罩中日出时港口的景象。在由淡紫、微红、蓝灰和橙黄等色组成的色调中,一轮生机勃勃的红日拖着海水中一缕橙黄色的波光,冉冉升起。海水、天空、景物在轻松的笔调中,交错渗透,浑然一体。近海中的三只小船,在薄雾中渐渐变得模糊不清,远处的建筑、港口、吊车、船舶、桅杆等也都在晨曦中朦胧隐现。这一切,是画家从一个窗口看出去画成的。如此大胆地用"零乱"的笔触来展示雾气交融的景象。这对于一贯正统的沙龙学院派艺术家来说乃是"艺术的叛逆"。该画完全是一种瞬间的视觉感受和活泼生动的作画情绪使然,当1874年莫奈和一群青年画家举办展览时,这幅《日出·印象》遭到了诽谤和奚落。有的评论家挖苦说:"毛坯的糊墙纸也比这海景完整!"更有人按这幅画的标题,讽喻以莫奈为首的青年艺术家们为"印象派",于是"印象主义"也就成了这个画派的桂冠。

在当时,《日出·印象》展出后,受到社会的公开攻击。那位以"印象"来讽刺这幅画的《喧噪》周刊的记者路易·勒鲁瓦,本来是以此指责莫奈"对美与真实的否定",可是这个名称竟从此彪炳画史,变成了极富号召力的光辉符号。在"印象主义"一词中,贬义内涵已消失殆尽,尽管当时展厅上的70幅画连一半也没有卖出去。

该画其实是印象主义绘画的开山之作,它标志着印象派绘画的产生,并迅速成为一个风靡全球、影响深远的世界性画派。它强调自然界的光和色,把光与色的变化作为绘画的主流。莫奈被认为是第一个采用外光技法进行绘画的印象派大师。

如今我们可以看到,印象派绘画作为西方绘画史上划时代的艺术流派,在世界美术史上同样具有重要地位,它推动了以后美术技法的革新与观念的转变,对欧美、日本乃至中国的画家产生过重要影响。

【作者介绍】

莫奈(1840—1926)是法国最重要的画家之一,印象派的理论和实践大部分都有他的影响。莫奈擅长光与影的实验与表现技法。他最重要的风格是改变了阴影和轮廓线的画法,在莫奈的画作中看不到非常明确的阴影,看不到突显或平涂式的轮廓线。除此之外,莫奈对于色彩的运用相当细腻,他用许多相同主题的画作来实验色彩与光完美的表达。莫奈曾长期探索光色与空气的表现效果,常常在不同的时间和光线下,对同一对象做多幅的描绘,从自然的光色变幻中抒发瞬间的感觉。

印象派运动可以看作是19世纪自然主义倾向的巅峰,也可以看作是现代艺术的起点。克劳德·莫奈的名字与印象派的历史密切相连。莫奈对这一艺术环境的形成和他描绘现实的新手法,比其他任何人贡献都多,这一点是毋庸置疑的,印象派的创始人虽说是马奈,但真正使其发扬光大的却是莫奈,因为他对光影之于风景的变化的描绘,已到出神入化的境地。

【知识链接】

1. 印象派绘画

也叫印象主义，是西方绘画史上划时代的艺术流派，19 世纪 60 至 90 年代在法国兴起的画派，当时因克劳德·莫奈的油画《日出·印象》受到一位记者嘲讽而得名。这幅画面描绘的是塞纳河的清晨，太阳刚刚升起的时候。由于画家要在很短的瞬间，将早晨的美景在光线还没有变化前，就要完成作品，因此画面不可能描绘的很仔细。当学院派的画家们看到这幅作品时，认为很粗糙，过于随便，就用讥讽的语言嘲笑"巴比松"的画家，意思是说：那是一群根本就不懂绘画的画家，《日出·印象》完全就是凭印象胡乱画出来的，其他人也附和着说，这些画家统统都是"印象主义"，没想到，这些挖苦的话，反而成全了这批画家，"印象派"随之诞生，"巴比松"派反而慢慢被人淡忘。

2. 推荐作品

马奈《草地上的午餐》

雷诺阿《红磨坊的舞会》

塞尚《埃斯泰克的海湾》

第八课　《向日葵》

【作品推荐】

【作品赏析】

《向日葵》是荷兰后印象派画家凡·高创作于 1888 年 8 月的画布油画，该画描绘了一些插在花瓶里的向日葵。

1888 年 2 月，已 35 岁的凡·高从巴黎来到阿尔，来到这座法国南部小城寻找他的阳光、他的麦田、他的向日葵。凡·高来到阿尔后，异常兴奋，创作真正达到高潮，甚至到了忘我的地步。他迷恋上了向日葵这种表达太阳的另类植物。后来凡·高梦想建立"画家之家"（或说是"艺术家之家"，"南方画室"，也有书写成"友人之家"），在法国南部建立一个画家共同创作的"基地"，但响应者寥寥，直到陷入困境的高更自愿前来与他同住。本性热情的凡·高打算画一组向日葵来装饰"黄房子"（凡·高在阿尔的住处，因被涂成黄色而闻名），尤其是高更将要住的屋子。当高更到来的时候，也对这些《向日葵》表示了赞扬，有的书写道："高更曾以赞扬的口吻说：'对，这才是花！'"凡·高创作了大量描绘向日葵的作品。这幅是其中最著名的，现藏于伦敦国家画廊。

《向日葵》虽然描绘的是一些的插在花瓶里的向日葵，但是却呈现出了令人心弦震荡的灿烂辉煌。

从画面上看，金黄色的向日葵，浓重跳跃，似乎带着燃烧的激情。画家在表现希望和阳光的同时，依旧表达了这希望与阳光溜走的无情，或许这幅油画反映了画家悲剧而又短促一生接近终结时的心理状态。

从形式上分析，可以分为以下几点：第一，构图上，花朵的分布、大小、聚散、长短、方向结合得恰到好处。该图只有一盆向日葵，且葵花的面积最大，表明向日葵是作者的表现主题，是整幅画的视觉中心和主体物。并且花盆的中轴线也是整幅画竖向的中轴线。整幅画也只有一个台面和立面。第二，该图中，那黄色和棕色调的色彩以及技法表现出充满希望和阳光的美丽世界，他以重涂的笔触施色，好似雕塑般在浮雕上拍上一块黏土。第三，此画作为一幅静物画，从它色调、布局、瓶花的特定形线构成，以及笔触的运用，油彩技法上的处理，都显示出画家对自然、生命、人生的独特情感的体验，传达出一种既热烈又悲伤，既躁动又孤寂的心理情绪。该图就是作者在深思熟虑后，通过对向日葵大小、正斜、疏密、浓淡灵巧有致的排列，用笔触技巧向观众呈现出充满生机的向日葵。

【作者介绍】

凡·高（1853—1890），荷兰后印象派画家。他是表现主义的先驱，并深深影响了 20 世纪艺术，尤其是野兽派与表现主义。凡·高的作品，如《星夜》《向日葵》与《有乌鸦的麦田》等，现已跻身于全球最著名、广为人知与珍贵的艺术作品的行列。1890 年 7 月 29 日，因精神疾病的困扰，凡·高在法国瓦兹河开枪自杀，时年 37 岁。凡·高是一位具有真正使命感的艺术家，凡·高在谈到他的创作时，对这种感情是这样总结的："为了它，我拿自己的生命去冒险；由于它，我的理智有一半崩溃了；不过这都没关系……"凡·高从来没有放弃探讨艺术应当关心现实的问题，探索如何唤醒良知，改造世界。

【知识链接】

1. 后印象派

后印象派是从印象派发展而来的一种西方油画流派。在 19 世纪末，许多曾受到印象主义鼓舞的艺术家开始反对印象派，他们不满足于刻板片面的追求光色，强调作品要抒发艺术家的自我感受和主观感情，于是开始尝试对色彩及形体表现性因素的自觉运用，后印象派从此诞生。

后印象派严格来说并不算是一个真正的派别，它主要是指印象派后期的一些艺术家，虽然曾经做过印象派的同路人，却走上了一条属于自己的道路，他们的艺术理论和实践都不同于印象派，他们不满印象派过于客观地描绘世界，停留于对物体表面光色的兴趣上。他们主张表现艺术家的主观世界，认为艺术应当忠实于个人的感受和体验，无须与客观真相完全一致，应当以艺术家的主观情感去改造客观形象，表现主观化的客观。

2. 推荐作品

塞尚《圣维克托尼尔山》

高更《讲道以后的幻景》

凡·高《星空》

第九课 《蒙娜丽莎的微笑》

【作品推荐】

【作品赏析】

《蒙娜丽莎的微笑》由意大利著名画家达·芬奇创作于 1504 年左右，目前是法国巴黎罗浮宫博物馆的"镇馆之宝"。它是直接画在白杨木上的,此画面积不大,长 77 厘米,宽 53 厘米。

世界上没有任何一件艺术品能像《蒙娜丽莎》那样誉满全球,同时引来各式各样的说法和评价。根据瓦萨利的记载,我们可以确定,画中人为佛罗伦萨银行家佛朗斯柯·捷列·佐贡多的妻子丽莎。她出生于 1479 年,达·芬奇为她画像时间是 1503 年,正是丽莎 24—27 岁的时候。画中人的主要神情是"微笑"。

它是一幅享有盛誉的肖像画杰作,它代表达·芬奇的最高艺术成就,成功地塑造了资本主义上升时期一位城市有产阶级的妇女形象。画中人物坐姿优雅,笑容微妙,背景山水幽深茫茫,淋漓尽致地发挥了画家那奇特的烟雾状"无界渐变着色法"般的笔法。画家力图使人物的丰富内心感情和美丽的外形达到巧妙的结合,对于人像面容中眼角唇边等表露感情的关键部位,也特别着重掌握精确与含蓄的辩证关系,达到神韵之境,从而使蒙娜丽莎的微笑具有一种神秘莫测的千古奇韵,那如梦般的妩媚微笑,被不少美术史家称为"神秘的微笑"。

她的微笑是由一种普普通通的表现载体呈现出了一种对艺术的升华。画面不再是单纯的画面,其中的内涵影射了对人类对万物造化的一种赞美。她平和的微笑中蕴含了丰富的内容,如那清澈的目光给予了人们纯洁的洗礼——一种心灵的洗礼。她的安然又给予我们一种母性的感动和亲切。

值得一提的还有她的一双手。这双柔嫩的手被画得那么精确、丰满,完全符合解剖结构,展示了她的温柔,更展示了她的身份和阶级地位。从这双手可以看出达·芬奇的精湛画技和他观察自然的敏锐。蒙娜丽莎没有华丽的服饰,一条深褐色的头纱上,也不带任何装饰品;衣纹的自然褶皱被画得很认真。他用一种调胶的颜色来表现软缎的质感。袒露的胸部显示了这位妇女的健康、华贵和青春的美。在背景处理上,达·芬奇运用的是"空气透视法",让后面的山崖、小径、石桥、树丛与潺潺的流水都推向遥远的深处,仿佛这一切都被笼罩在薄雾里,以此来突出形象的地位。

达·芬奇在人文主义思想影响下,也着力表现出人的感情。在构图上,达·芬奇改变了以往画肖像画时采用侧面半身或截至胸部的习惯,代之以正面的胸像构图,透视点略微上升,使构图呈金字塔形,蒙娜丽莎就显得更加端庄、稳重。画中,左边的地平线比右边的低,蒙娜丽莎的左侧看上去比右侧大。

500 年来,人们一直对《蒙娜丽莎》神秘的微笑莫衷一是。不同的观者或在不同的时间去看,感受似乎都不同。有时觉得她笑得舒畅温柔,有时又显得严肃,有时像是略含哀伤,有时甚至显出讥嘲和揶揄。在一幅画中,光线的变化不能像在雕塑中产生那样大的差别。但在蒙娜丽莎的脸上,微暗的阴影时隐时现,为她的双眼与唇部披上了一层面纱。而人的笑容主要表现在眼角和嘴角上,达·芬奇却偏把这些部位画得若隐若现,没有明确的界线,因此才会有这令人捉摸不定的"神秘的微笑"。确实,在不同角度不同光线下欣赏这幅画,人们都会得到不同的感受。那微笑时而温文尔雅,时而安详严肃,时而略带哀伤,时而又有几分讽嘲与揶揄,神秘莫测的微笑显露出人物神秘莫测的心灵活动。

【作者介绍】

达·芬奇(1452—1519)，意大利文艺复兴天才画家、科学家、发明家，是人类历史上绝无仅有的全才。他最大的成就是绘画，他的杰作《蒙娜丽莎的微笑》和《最后的晚餐》等作品，体现了他精湛的艺术造诣。

他还擅长雕刻、音乐、发明、建筑，通晓数学、生理、物理、天文、地质等学科，既多才多艺，又勤奋多产，保存下来的手稿大约有 6000 页。达·芬奇认为自然中最美的研究对象是人体，人体是大自然的奇妙之作品，画家应以人为绘画对象的核心。

【知识链接】

1. 意大利文艺复兴

13 世纪末 14 世纪初，意大利是欧洲最早产生资本主义萌芽的国家。先进地区有佛罗伦萨、热那亚、威尼斯等地。这三个城市成为意大利乃至整个欧洲的文艺复兴发源地和最大中心。

文艺复兴运动发生于 14—17 世纪的欧洲，是正在形成中的资产阶级在复兴希腊罗马古典文化的名义下发起的弘扬资产阶级思想和文化的运动。它发源于意大利，然后在西欧各国得到广泛传播和高度发展。

16 世纪是意大利文艺复兴特别繁荣的时期，产生了三位伟大的艺术家：达·芬奇、米开朗琪罗和拉斐尔，史称"文艺复兴三杰"。

2. 推荐作品

达·芬奇《岩间圣母》《最后的晚餐》《受胎告知》

第十课 《鳐鱼》

【作品推荐】

【作品赏析】

此画作于 1728 年,约有 114 厘米×146 厘米,现藏于巴黎罗浮宫。

这幅画描绘了厨房一角,桌上有锅盘等炊具,但占中心位置的是一条剥掉皮的鳐鱼和几条较小的鱼,左角还有几只牡蛎。这幅画的主角——鳐鱼,血淋淋地被挂在墙上,内脏还闪闪发亮,并且露出鬼魅般的阴森笑意,乍看时令人不由得冒起鸡皮疙瘩。鳐鱼的形体描绘简洁有力,几乎占据整个画面中心;左方拱起身子、神情惊惧的猫,则为整幅画增添了趣味和动感。

整个画面色彩淡雅,光影清晰,它不停留在一般"再现"的层次上,每一形象都融进画家对所描绘的事物的深切感情。这幅画与画家后期的静止、简朴的静物画风格差异甚大。这幅画不论在色彩的搭配或光泽的呈现上,都显露出夏尔丹超群的绘画技巧,画面的感染力极强。

夏尔丹曾说过："问题不在于去描绘一件东西。而是要通过这些事物,画出画家自己的感情来。"据说,有一次某位画家正大谈夏尔丹怎样善于运用颜色,被夏尔丹听见,他不耐烦地问道："谁告诉你我是用颜色作画的?"那位画家大惑不解地反问："那么,用什么呢?"夏尔丹说："颜色固然得用,但绘画要用感情。"他认为,经过推敲的静物构图,不单要使所画的静物可信,还要让它们具有光与色的丰富表现力。这幅《鳐鱼》(另外他又画了两幅变体)所给人的美感正是如此。

夏尔丹所谓的画出"感情"的观点,还可以从他对现实与镜子的关系的言论中去理解。他认为镜子越平,反映出来的事物也越"真"。但镜子反映不出事物的感情,要靠画家有意去强调,靠各种色调的铺排,让颜色交错地起着发挥"感情"的作用。夏尔丹用色,有时一层一层地铺,有时涂得很厚,简直像在用颜料砌墙。他力求形象真实,但并不力求"逼真"感。狄德罗也赞美地讲过他的用色："噢! 夏尔丹,你在调色板上调出来的不是什么白色、红色、黑色,而是物体的本色。"我们还发现,夏尔丹往往一而再、再而三地重复一个题材或构图,嘴上却反复地解释他没有重复。这可以想象他所孜孜以求的是什么。

《鳐鱼》一画展出以后,夏尔丹获得了法兰西艺术院的承认,并被接纳为该院的院士。

【作者介绍】

夏尔丹(1699—1779),法国画家。1699 年 11 月 2 日生于巴黎,1779 年 12 月 6 日卒于同地。法国 18 世纪市民艺术的杰出代表,早年入学院派画家 P.J. 卡泽的画室,后为 N.N. 科伊佩尔的助手。1728 年静物画《鳐鱼》展出,一举成名,被接纳为皇家学院院士。他的画能赋予静物以生命,给人以动感。晚期以家庭风俗画为主,表现第三等级"小人物"的日常生活,画风平易、朴实,具有平和亲切之感,反映了新兴市民阶层的美学理想。

生于巴黎、后成为院士的夏尔丹没有选择被世人看作高级画种的肖像画和历史画,而选择了在学院体系中被认为是较为低级的静物画。夏尔丹并不认为它们低级,他的眼睛和心灵都静静地注视着铜罐、碟子、水果、面包、酒瓶、刀叉、灶台等这些极为普通的东西,在万事绮靡奢华的路易十五时代,夏尔丹凝重的静物画显得格外醇厚。与以静物画著称的荷兰和弗兰德斯的画相比,夏尔丹的静物画更为质朴而写实。虽然信奉新教、崇尚素朴,荷兰小画派的静物作品却往往为了强调物体的不同质感而不时提炼炫目的色彩和光线,夏尔丹却以物体的本真面目示人,因而他不回避也不掩盖对象本身的缺憾。

夏尔丹的"世界"充满了恬静、温存、不事张扬的气息,静物画如此,风俗画更如此。

【知识链接】

1. 静物画

即以相对静止的物体为主要描绘题材的绘画。这里所指的静止的物体(如花卉、蔬果、器皿、书册、食品和餐具等等)必须是根据作者创作构思的需要,经过认真的选择,经过精心地摆布和安排,使许多物体在形象和色调的关系上,都能达到高度表现,总体上的谐和,能传出物象内在的感情。它起始于 17 世纪荷兰的静物画,发展到今天已成为一种独立的画种。静物画,经过几个世纪的演变与革新,已完全超出了早期单纯的描摹阶段。夏尔丹、塞尚、凡·高、毕加索等著名的大师都曾将静物画推向一个又一个高峰,无不以其特有的艺术品位确立了各自在世界画坛的显赫地位。

2. 推荐作品

威廉·赫达《餐桌上的静物》

塞尚《静物苹果篮子》

扬·勃鲁盖尔《蓝色花瓶里的花束》

第五章
名 片 欣 赏

第一课　《十七岁的单车》

【作品推荐】

刚离开家乡到北京打工挣钱的 17 岁少年小贵，找到一份快递的工作，骑着公司提供的银色变速越野自行车在市区中穿梭，每送一趟快递可以挣 10 块钱，当赚到 600 元时，他就能拥有这辆银色山地自行车。小贵为能早日拥有这辆漂亮的单车而努力工作。但就在小贵快要赚足 600 块钱的时候，他突然发现自行车不见了。几乎绝望的小贵亲眼看到一个年龄相仿的少年骑着自己的自行车，这个人是小坚。他虽然生活在城里，家中却非常贫寒，在父亲屡次三番没有履行给他买单车的承诺后，他偷了家里的钱去买了辆便宜的二手车。而这辆正被他表现单车车技的车正是小贵被盗的那辆。小贵不顾一切地想向小坚讨回他赖以维生的爱车，两人只好设法共用这辆自行车……

【作品赏析】

本片为台湾著名电影学者、影评人焦雄屏经营的吉光电影公司拍摄的"三城记"系列电影之一。"三城记"系列电影是中国多地新锐导演，希望为 21 世纪华人新社会树立新形象，以别于上一代华人电影注重悲情及历史回顾。另 5 部影片为台湾导演林正盛《爱你爱我》、易智言《蓝色大门》、徐小明《流浪到淡水》、大陆导演贾樟柯《上海宝贝》以及香港导演余力为《人民找换》。本片及林正盛的《爱你爱我》为已完成作品并于 2 月双双入围柏林国际电影节竞赛片单元，本片更获得最佳故事片评审团大奖即银熊奖。

讲述成长的故事几乎已经形成一个创作母题，不同的历史时期、不同的导演都在用自己独到的目光演绎成长的故事。而影片《十七岁的单车》正是导演王小帅用自己独特的目光对成长故事这个创作母题新的演绎，表现了一种被权力压制下的残酷的青春。

影片《十七岁的单车》讲述了外来务工人员小贵和城市居民小坚因一辆山地车而引来的诸多青春琐事以及他们为解决这些事情而做出的种种举动。在影片中，王小帅借飞达快递公司经理的话讲出了山地车不再是一种便捷的交通工具，而是一种资本和权力，是农民小贵融入城市生活，为公司赢得良好信誉的资本，更是小坚在同学们面前表现、炫耀自己的权力。

小贵作为一个农民工，似乎已经注定了他与城市的格格不入以及他的残酷的青春。而王小帅添加了一个具有城市户口的主人公小坚，同时也讲述了小坚的残酷的青春，这显而易见地指明了主题：无论你在哪里，你的身份有何不同，你的青春都是残酷的。在影片里王小帅更是对造成这种残酷青春的原因做了深入的探索，但是这个原因不再是《青红》中表现的不同文化的悲剧，而是一种权力压制下的必然结果。在小贵的世界里，公司、工作、山地车、城市人俨然成了权力或者制度的隐喻，它们压制着小贵的一切，稍出差错，它们都可以使小贵的生活遭受沉重的打击。影片中强调的一个事件让人记忆犹新：小贵在找张先生的时候被服务员糊里糊涂地洗了澡，洗完之后声嘶力竭地哭喊着："我没钱！"这完全可以说是一个黑色幽默，导演用一种无奈嘲讽的态度表现了农民工与城市的格格不入，表达了小贵的残酷的青春。在小坚的世界里，山地车是一种令人羡慕的资本，有了山地车他才可以融入同学们的生活，他才拥有了自己心仪的女朋友。父亲这个作为正直人物代表的形象一再地改变自己的承诺激起了小坚内心深处的叛逆，他开始怀疑整个世界，他拿走了父亲的500元钱去二手市场买了山地车，他想用自己的行动实现诺言，殊不知，他是在挑战这个规范着社会的制度。在制度面前，小贵和小坚都曾努力过，都在挣扎，但带给他们的却是权力对于他们的严厉的惩罚。

影片中一个突出的亮点就是女人这个道具的恰当运用。导演把潇潇的恋情依附于权力的恰当的转移，更突出了权力与制度在青少年的心中的地位，也突出地强调了权力作为形成残酷的青春的原因的重要性。影片中与小坚产生矛盾的潇潇毅然选择了车技高超的男孩作为自己的伴侣确切地体现了这一点。

【名导介绍】

王小帅(1966—)，中国内地导演，1966 年 5 月 22 日出生于上海，1985 年考入北京电影学院导演系，1989 年毕业。青年导演王小帅凭借其独特、敏感的电影个性，从他自筹资金拍摄电影处女作《冬春的日子》到《梦幻田园》，短短 10 年间，王小帅开始形成自己独树一帜的电影风格。其中《冬春的日子》被 BBC 评为电影诞生以来的 100 部佳片之一，同时也是唯一入选的中国影片；《扁担·姑娘》入围 1998 年戛纳国际电影

节,角逐金棕榈大奖;随后的《十七岁的单车》获得 51 届柏林电影节银熊奖。2005 年的作品《青红》获戛纳电影节评委会大奖。新近作品是《左右》,受邀参加 2008 年柏林电影节并最终获得银熊奖。其电影构图优美精准,造型意识强烈,他始终在运用自己的电影视野扩充我们这个时代中那些被异化,感受到异化或者拒绝异化的人。平时他还参与 MTV 及电视剧的拍摄。

【知识链接】

1. 王小帅 10 年的艺术探索

1981 年,王小帅来到北京,成为中央美术学院附中的一名学生,4 年学习当中,要成为一名画家的愿望与日俱减。80 年代初,正是中国电影全面复苏的时期。通过绘画来反应自己对周遭世界季节和温度的变化,显然不再能满足王小帅。附中毕业的时候,王小帅没有继续学画,而是考取了北京电影学院导演系。这是 1985 年,当时的中国影坛第五代导演正在全力出击,《一个和八个》《黄土地》《猎场扎撒》相继问世,这些影片震撼了被革命浪漫主义加革命现实主义熏陶的国人,也引起了世界对中国的兴趣。王小帅在电影学院,开始如饥似渴地观摩世界上最优秀的影片,安东尼奥尼、费里尼、阿伦·雷乃、小津安二郎都是他喜欢的导演。后来,他又对侯孝贤、北野武、阿巴斯的电影推崇有加。

电影为王小帅展开了一条炫目的旅程,而这一切来自于他生命最初的旅行。经历了整整 10 年的艺术探索,无论是直接提出精神命题还是通过刻画物质生活对人的异化,王小帅的镜头始终对准的是人并且努力地保持自己在艺术上的完整。最让人感动的是,在一个越来越商业化的社会里,王小帅仍然在他的影片中坚持他的理想主义,坚守他的精神家园。《冬春的日子》里,喻红离开了囚禁她的画室去了美国;《极度寒冷》里,经历了无数次葬礼的齐雷沉睡在阳光明媚的自然里;而《扁担·姑娘》结尾定格在扁担对他心爱的越南姑娘露出的积攒许久的笑容上;《梦幻田园》里的文刚和小霞从噩梦中醒来后又安然睡去。

王小帅对人性仍然有所期待,这也是王小帅拍摄电影的原动力。他的影片中的每个人似乎无时无刻不处在清醒而痛苦的自觉中,他们极度地感觉到生命的存在。

2. 推荐作品

王小帅《冬春的日子》《扁担·姑娘》

第二课 《城南旧事》

【作品推荐】

　　半个多世纪前,小女孩林英子跟随着爸爸妈妈从台湾漂洋过海来到北京,一切都让英子感到新奇,并为之着迷。惠安馆门前的疯女子、遍体鞭痕的小伙伴妞儿、出没在荒草丛中的小偷、朝夕相伴的奶妈宋妈、身染沉疴而终眠地下的慈父……他们都曾和英子玩过、谈笑过、一同生活过,他们的音容笑貌犹在,却又都一一悄然离去。为何人世这般凄苦?不谙事理的英子深深思索却又不得其解。50多年过去,如今远离北京的游子,对这一切依然情意缱绻。那一缕淡淡的哀愁,那一抹沉沉的相思,深深地印在她童稚的记忆里,永不消退。

【作品赏析】

　　社会黑暗带给人们更多的是痛苦,导演巧妙地以小女孩为线索,与生活在社会黑暗中的人做了鲜明的对比。在黑暗里与英子对话的那两场戏中,虽然黑暗中看不清人物,但是在双方的对话中知道,妞儿经常被父亲打,而且打得浑身是伤,在雨天的夜里受尽家里痛苦的折磨后跑到了英子家。导演正是用英子的家庭生活与妞儿的痛苦遭遇做对比,来展现社会的黑暗与不公,呈现出了让人们反思的韵味。加上弄得满城风雨的小偷再次呈现出了当时社会的黑暗,他并不是为了偷而去偷。在英子与他在鬼屋第二次对话的那场戏中,让观众明白了他不是好偷而偷，是为了生存，为了他弟弟的学业而去偷，是这个社会让他走上了不归路。

　　亲人是人生活的精神支柱，亲人的离别带给人的不仅是悲伤，更多的是心灵上的折磨。导演利用亲人的分离，来解释人性真实的一面。在神志不清的女人秀娟给英子讲她孩子故事还有见到自己亲生骨肉后带孩子找父亲的那两场戏中，秀娟对孩子的思念是导致神志不清原因。她指着画上的小孩对英子说那是自己的孩子；她对英子的疼爱体现了一种失去孩子后的母爱，对英子的嘱托："见到俺家小贵子别忘了领他回来。"导演用这一句简单而又朴实的话语，体现出了亲人在一个人心中的地位——是她继续生活下去的精神支柱。在家里佣人喂弟弟吃药、病房与爸爸的对话、佣人让英子代替写信、家里佣人孩子死后她两口子在院子对话，还有影片结尾在爸爸墓前与佣人分别的五场戏中，弟弟对佣人的依靠，表现出了亲人之间的难舍难分之情。佣人在孩子死后说："不回去了，回去也没什么意思，孩子都死了还回去干什么。"充分体现出了亲人是她生活的精神支柱，一个月一个月往家寄钱，让英子写信，那心疼自己孩子的话语，深深牵引住了观众的心，让观众也能体会到她的那种母爱。在爸爸墓前几个学生的悼念让观众明白了，英子的爸爸是个革命人士，为了使这个社会得到光明而一病倒就没有起来。导演利用墓前与佣人分别的镜头来衬托人的心中的那份真情，此处导演用得恰到好处，升华了影片的故事情节使观众引起共鸣。

　　影片中视听语言的运用，使影片更具活力，提升了影片的档次。小偷被抓走后导演以声音先入的手法把镜头拉到了教室，用镜头语言表达出了英子的伤感的心情。影片中主题曲《离别》的运用，烘托了整个影片的氛围和人物内心情感的真情流露。每次悲伤后，主旋律音乐的响起使观众感同身受，让观众在音乐的背景下体会到故事主人公内心的情感从而吊起了观众的胃口。影片结尾两个长镜头的运用加上主旋律音乐充分烘托出了主人公当时的分离情感，点到了影片亲情背后的离别这一主题，并且控制了影片的节奏，可见导演在此下了大功夫。影片第一部分，四个打水人镜头的运用，在影片中起到的转场作用，为影片的第一部分划分了结构，使第一部分更加条理清晰。街上游街的学生与神志不清女人屋里杂乱的书籍相对照，导演利用这些客观事物来表现故事主人公的家庭背景。

　　进入《城南旧事》，我们看到的是旧社会的黑暗，亲人之间的真情和分别后的那份惋惜的情感，平实的镜头语言，让观众深深感受到了人物的内心活动。动人的故事情节打动着每个观众的心，影片不仅给观众留下了美好的回忆，还留下了对社会的反思。

【名导介绍】

　　吴贻弓（1938—），1938 年 12 月 1 日生于重庆，浙江杭州人，第六届中国文学艺术联合会副主席，文艺一级导演，中共第十届、十五届中央候补委员。1960 年毕业于北京电影学院导演系。1979 年开始独立执导影片，拍摄的第一部电影《巴山夜雨》获 1981 年第一届中国电影金鸡奖最佳故事片奖；1983年拍摄电影《城南旧事》获得了 1983 年第三届中国电影金鸡奖最佳导演奖、第二届菲律宾马尼拉国际电影节最佳故事片

金鹰奖和 1984 年第十四届南斯拉夫贝尔格莱德国际儿童电影节最佳影片思想奖。2012 年 6 月 16 日，在第十五届上海电影节上，吴贻弓获得了华语电影终身成就奖。

【知识链接】

1. 诗化风格

中国电影"诗化风格"的传统若隐若现地延续着，在激烈的民族斗争、阶级斗争的大环境中艰难地生存着。20 世纪 80 年代良好的政治文化氛围为电影艺术家们的探索提供了难得的创造空间，"诗化风格"传统也因而获得了新的发展。吴贻弓的《城南旧事》便是这一时期对"诗化风格"做出了最好阐释的一部经典之作。影片开头的一段深沉的旁白"不思量，自难忘……"采用第一人称，道出了怀念童年生活的真切心情。每个人都有童年生活，"大事"容易"被时间磨蚀"，可童年却是"愚呆而神圣"，令人难忘的。导演好像心理学家，抓住了人类的共性，把深切怀念的童年作为旁白的内容，一下子与观众沟通了，十分亲切、自然，引人入胜，使旁白不仅仅是旁白。导演在文学剧本提供的画面的基础上进行加工、丰富、补充，为旁白配上淡雅、充满诗意、真实的画面："长城""枯草""箭垛""烽火台""卢沟桥""骆驼队""香山寺庙""前门城楼"等。这些镜头的色彩、调子和旁白融为一体，令影片一开始就造成一种"淡淡的哀愁、沉沉的相思"的效果，把观众带入银幕。

2. 作品推荐

陆小雅《童年往事》

侯孝贤《红衣少女》

第三课 《霸王别姬》

【作品推荐】

　　影片围绕两个京剧艺人半个世纪的悲欢离合,展现了对传统文化、人的生存状态及人性的思考与领悟,是中国多地电影人合作拍片最成功的代表作之一,也是中国电影雅俗共赏的典范作品。影片影像华丽,剧情细腻,内蕴丰富深广,极具张力地展示了人在角色错位及灾难时期的多面性和丰富性。说到这部影片,就不得不提起影片的主演——已故演员张国荣。《霸王别姬》可以说是张国荣最重要的影片之一,时至今日,《霸王别姬》还在国内影片中有着很高的地位。片中,张国荣通过一个眼神,一个动作,就将心理异常的程蝶衣刻画了出来。本应保守的中国观众在张国荣的精心演绎下,对程蝶衣的独特心理产生了巨大的同情感。张国荣以此感动了自己,也感动了观众。"我本是男儿郎,又不是女娇娥",看过《霸王别姬》的人一定忘不了那个外表柔弱,内心倔强、痴迷的程蝶衣。

【作品赏析】

一个人若是活得太过纯粹，就注定被纷扰的世俗所埋葬。就如《霸王别姬》里面的程蝶衣，终其一生，只唱一段京剧，只爱一个段小楼。而出于对生的本能的渴望，他的师哥段小楼出卖了同门之谊，同时也出卖了自己的爱情，那个死心塌地想和他过一辈子安稳日子的头牌名妓——菊仙。

菊仙是个妓女，更是一个小女人，她狭隘地爱着那个在花满楼里稳稳接住自己的"楚霸王"，毅然将自己的一生托付于他，不图富贵荣华，只求一个真心待自己的男人，以及对能够过上普通的正常人的生活的渴望。从对着妈妈"怒沉百宝箱"从良的决绝，到为救丈夫发誓永不相见的豪气，至最终看清小楼的本相，生无可恋，凤冠霞帔，一匹白绫断幽魂，来表达对扭曲的人世的抗争。在她的生命中，爱情是她的全部，失去爱情，就失去了活下去的意义。只有爱情的温度，才能让她有勇气抵抗住这个世界彻骨的寒冷。段小楼，是她这个世上唯一的精神支柱，他的背叛，让她失去了最后一丝残存的安全感，成了压垮她的最后一根稻草。

段小楼是该部电影里心态最接近正常人的角色。他身上有着人性共有的劣根性，譬如贪恋美色，贪生怕死。这样的人，注定是活得最幸福，最懂得享受人生，最能够适应社会的。当他出于对生的渴望，出卖深爱自己其实也是自己深爱的妻子时，令人似乎不忍大义凛然地去批判他。毕竟，他只是一个凡人，而凡人的爱情，往往是经不起考验的，而且是绝对不能傻到自个儿把自己的爱情拿出去考验的。夫妻本是同林鸟，大难临头各自飞。世上没有多少爱情能够真正经得起考验，那些恩爱着的平凡的夫妻，他们的感情并不见得有多深，只不过是没"资格"遇到真正磨难的考验而已。所以凡事不能太较真，过于较真，只能是自个儿把自个儿铰进去。自欺欺人也好，难得糊涂也罢，在这个社会生存，有时也是需要的。也许，这也是我们心理的一种自我防御吧。人们往往喜爱精心修饰过的东西，甘心受其驱驰。殊不知，过于美丽的东西往往是最毒最伤人的。而那些最自然本真的东西，却鲜有世人认同。

《霸王别姬》这部电影中，程蝶衣这个角色，无疑为最厚重的。没有张国荣，就无法更好诠释程蝶衣，无法成就《霸王别姬》在中国电影史上的位置。如果一个人具备程蝶衣的气质，那么这样的人注定是个悲剧。因为他太过纯粹，不懂变通。这种人的世界里，没有灰色的过渡地带，没有迁就和妥协，永远只有黑和白。他将永远不能适应极度复杂的、风云变幻的社会，就像蝶衣，只能随着没落的大清王朝，走向尽头。这样的人，作为一个艺术形象，是唯美的，深入人心的，但在现实面前，却是极度脆弱的，因为他每分每秒都要遭受着自己施加于自己的精神折磨和命运无止境的凌迟。除了走向自我毁灭，别无他途。让"虞姬"在深爱的"霸王"面前自刎死去，这也是她最好的归宿和对其人格的一种最大的尊重。也只有《霸王别姬》的戏台，才配得上程蝶衣的死亡。

人生如戏，戏如人生。但戏可以重演，人生不能哪怕一次的重来。戏几多生动，人生就有几多沉重。程蝶衣、段小楼、菊仙，三个动荡时代的小人物，千千万万历史殉道士中的三个，在《霸王别姬》这部电影中，一起为我们倾心勾勒出了滚滚红尘中无人逃避得了的爱恨情仇，人性的复杂，人生的几多无奈以及人类想要改变自身苦难命运的艰难。

【名导介绍】

陈凯歌(1952—),1952 年 8 月 12 日出生于北京,著名电影导演,中国电影家协会副主席,中国第五代导演的代表人物之一。执导过《黄土地》《大阅兵》《孩子王》《霸王别姬》《风月》《荆轲刺秦王》《无极》《梅兰芳》《赵氏孤儿》《搜索》等电影作品,多次荣获过国内外大奖。陈凯歌至今仍为唯一获得戛纳国际电影节金棕榈奖的华人导演。他的电影充满了思辨色彩,在传统的故事层面上加了象征或隐喻。像《黄土地》《孩子王》《边走边唱》,都展示了"特定的时期历史的延续性和变革性,对民族生存方式的思索已经在一个更为广阔的文化背景上认识社会,理解人生,使其作品对现实的审视跃入较高的哲理层次"。

【知识链接】

1. 陈凯歌的创作特点

哲理性:在第五代之前,中国好电影的标准是好故事基础上的人物性格化,而陈凯歌则把好电影树立到一个新的高度。他的电影充满了思辨色彩,在传统的故事层面上加了象征或隐喻。像《黄土地》《孩子王》《边走边唱》,都展示了"特定的时期历史的延续性和变革性,对民族生存方式的思索已经在一个更为广阔的文化背景上认识社会,理解人生,使其作品对现实的审视跃入较高的哲理层次"。从这一点上看,陈凯歌更像一个电影哲人,他的电影是"优美"和"崇高"兼优的艺术精品。

文化性:与其说陈凯歌的电影是艺术电影,不如说他的电影是文化电影。陈一直在他的电影中对中国文化进行反思。他对中国文化的反思是全面的,更具批判性,也更凌厉。

电影性:陈凯歌也具有第五代导演的共性,对电影语言的开拓充满了期待和好奇心。从他的第一部作品《黄土地》中便可以看出来。《黄土地》的空间造型感很强,也很极端,最典型的构图是把黄土作为主体,占据了一块银幕的四分之三以上,而人被寄放在画框的边缘,被压缩得极其渺小。

2. 推荐作品

陈凯歌《荆轲刺秦王》《梅兰芳》《赵氏孤儿》

第四课　《唐山大地震》

【作品推荐】

唐山大地震时，姐弟俩一起被压在废墟下，被救援队发现，以当时的情况只要救其中一个，另一个就要被压死，即姐弟俩只能救出一个。面对这种选择，女主角的妈妈选择了救弟弟。于是，女主角就被放弃了。后来，女主角并没有死。被救出后，在收容所，女主角由于恨自己的妈妈，没有告诉解放军自己还有家人活着。于是，女主角被当作孤儿，被一对夫妻收养。女主角长大后嫁给了一个老外，一天在网上看到了汶川地震的消息，鉴于自己童年时的可怕回忆，决定回国支援灾区。在灾区，女主角无意中听到一个同在灾区支援的男人给别人讲述自己童年的故事。女主角才知道那个男人是自己失散多年的弟弟，而且，自己的母亲一直为自己的死生活在内疚中。于是姐弟相认，母女重逢。

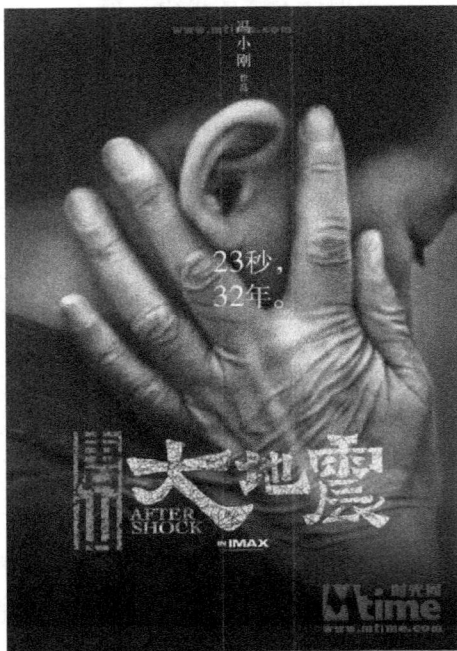

【作品赏析】

本片在艺术高度上有很多闪光点，解析如下：

1. 遵循电影心理学。拍摄灾难片的禁忌就是过分强调灾难带来的残酷性、毁灭性的场面。本片中对这方面的把握十分有分寸，既让观众亲身感受了天崩地裂的刹那震撼，也没有像《2012》等片那样过分渲染宿命、无助的黑色气息，恰到好处地表现了地震过程中惊慌、恐惧、逃生、死亡等画面。即使韩国的特效班底在这方面的功力不俗（《集结号》中我们就能充分领略到），冯导也并没有让他们在电脑程序里毁个痛快，惨到极致！

2. 故事的巧妙安排。很明显，从影片一开始就刻意安排了多次分离的桥段。让我们在两个家庭主线中多次体验生离死别的焦虑与痛苦。但是你并不会感到压抑，因为冯小刚将这种情感缓慢地、深深地包含在几个事件中。死者已逝,生者有多难?——这个答案你无法回答。被迫选择时的悲痛欲绝,面对姑婆时的无声哭诉,儿子出走时的伤心失望,养母因病去世前的分离吻别,因堕胎引起的思绪勾连,养女多年音信未果突然出现的苦痛,母女重逢时的感动等。

"牺牲"的概念在理解与被理解的屡次徘徊中实现了真正意义上的升华,让我们未曾在那段特殊岁月中去感同身受的观众不再着眼于道德层面,不再流于简单表面,不再只是一个单词,而是一个有大超然、大智慧的处世态度。因为这个态度,母亲可以为了一个下意识动作守寡;因为这个态度,女儿可以治愈深埋心中多年的死结。

当然不可否认本片整个题材的自然讨巧,但是同样不可否认的是冯小刚在整体把握时这种"借力使力"的高超功力。

3.细节的精彩处理。随着影片情节的铺开,当两姐弟各自分离就让人想到了重新聚首的场面一定设置在汶川大地震的环境下,让他们不期而遇后抱头痛哭,诉说家常,表达多年离别之苦。细嚼之后又会发现按照自己那样编就俗气了。而本片编剧在此众人期待的"高潮"处有意戛然而止,既成就了文艺笔法中"不写之写"的高明,还将这一大把情感与言语勒束着、蓄积着,全部留给后面最高潮的"母女重逢",只有这样饱满的节奏张力才能够分量去勾却多年前那段"弃儿情结"。

还有,尤其令人称道的是——重逢时那盆"西红柿",只此一个镜头便起到了四两拨千斤的蒙太奇效果——妈妈同样爱你,妈妈没有骗人,妈妈当时有她无法诉说的痛!

4.32年跨越连接的意义。从1976年到2008年,32年间,那些已经被不少人遗忘的精神凤凰浴火,涅槃重生。而重生的意义并非只是感恩,是要有意义、有尊严地活着。就像我们在5.12汶川地震心理干预中一直强调的那样:孩子,我们终究会面临死亡,但是不惧怕死亡的意义在于:我们真诚地热爱过生活。伊丽莎白曾说:让我拥有宁静之心去接受不可改变的事吧,让我有勇气之心去改变能够改变的事吧,更重要的是,让我有智慧去区分这两者。在感谢生活带给我们无限智慧的同时,我们更要感谢自己。而在此,本片用一句标志性的台词高度概括了久藏在唐山人民心中的那个"历史的痛":没了,才知道啥叫没了! 也奇怪了,当用唐山口音念出来时,我听起来魅力悠长。

【名导介绍】

冯小刚(1958—),出生于北京,中国电影导演、编剧、演员,作品风格以京味儿喜剧著称,擅长商业片,导演过的电影总票房超过20亿,著名作品有《甲方乙方》《集结号》《大腕》《非诚勿扰》《唐山大地震》《一九四二》等。冯小刚连续四年获得中国金鸡百花电影节(三届百花奖、一届金鸡奖)最佳导演奖,中国电影华表奖优秀导演奖,开罗国际电影节金字塔奖,北京大学生电影节最佳导演奖,上海影评人奖最佳导演奖,平

壤国际电影节最佳导演奖，获评"新中国 60 年文艺界十大影响力人物"。他的作品特点主打平民策略，着眼于都市小人物的欲望表达，对生存、生命的反思和游戏调侃。

【知识链接】

1. 冯小刚导演生涯

1992 年，他与郑晓龙合作写了电影剧本《大撒把》被搬上银幕后，获得第 13 届中国电影金鸡奖最佳故事片、最佳编剧等五项提名。1994 年，他干起导演，处女作是《永失我爱》，这也是一部城市题材的影片，同时他还兼做美工。

1994 年，冯小刚与郑晓龙合作导演《北京人在纽约》。

1997 年，冯小刚推出电视剧《月亮背面》。

随后几年，连续推出贺岁电影《甲方乙方》《不见不散》《没完没了》，票房成绩不俗。他的《一声叹息》在圈里圈外更是掀起了很大的波澜。《大腕》则是很具戏谑风格的黑色喜剧，有港片的嘲讽风格。冯氏喜剧也是在这几年被人熟知的，而冯小刚之所以能够成为又一个大片导演，则是因为他导演的这些贺岁片。与张艺谋、陈凯歌这些被著名电影奖项肯定过的导演相比，冯小刚是以普通观众的口碑建立起自己的电影风格，也是唯一一直在商业领域打拼的导演，在中国大陆电影贺岁档市场拥有巩固的观众群。

2004 年执导电影《天下无贼》，影片改编自赵本夫的同名小说，由刘德华、刘若英、葛优、王宝强、李冰冰等主演，国内票房取得 1.2 亿元人民币，在当年仅次于《功夫》和《十面埋伏》。刘若英凭借此片先后获得金紫荆奖最佳女主角，百花奖最佳女演员。

2006 年执导电影《夜宴》，影片脱胎于莎士比亚的名作《哈姆雷特》，时代背景改为中国五代十国时期，由章子怡、葛优、吴彦祖、周迅等主演，国内票房 1.3 亿元人民币。周迅凭借此片获得香港电影金像奖最佳女配角。

2007 年执导电影《集结号》在 12 月上映，票房上与陈可辛巨制电影《投名状》展开直接较量，取得 2.6 亿人民币票房成绩。

2008 年 12 月 18 日，电影《非诚勿扰》回归京味冯式喜剧，葛优、舒淇联袂主演，堪称是年度最具亲和力和感染力的国产电影，在上映 19 天后，影片迅速突破 3 亿人民币票房，冯小刚个人作品的票房总和已经达到 10.32 亿人民币。

2010 年，冯小刚先后推出《唐山大地震》《非诚勿扰 2》，其中暑期档上映的《唐山大地震》是第一部华语 IMAX 电影，国内总票房创纪录达到 6.6 亿元人民币（后被《让子弹飞》和《画皮 2》超越）。于贺岁档上映的《非诚勿扰 2》票房超越第一部，接近 5 亿元人民币。

2011 年初，拍摄电影《一九四二》，于 2012 年 11 月 29 日在中国大陆上映。

2013 年担任央视 2014 年春晚总导演。

2. 作品推荐

莱塞·霍尔斯道姆《忠犬八公的故事》

陈可章《十月围城》

冯小刚《一九四二》

第五课 《活着》

【作品推荐】

【作品赏析】

　　有很多人评价,《活着》是张艺谋拍摄的最好的一部影片。《活着》讲述的是中国最低层劳动者农民福贵一生的故事,影片以主人公福贵跌宕起伏的人生经历为叙述主线,运用各种电影语言,间以夹杂黑色幽默的调侃手法,在讲述主人公福贵令人心酸的人生中,以独特的角度再现了当时那个年代中国众多"福贵"们的生活现状。

　　以现在的眼光看来,那个年代的生活条件实在太过艰苦。在天灾与人祸的双重欺压下,"福贵"们贱若蝼蚁,卑似草芥。但是即使面对这样艰苦的生活,他们却依然能保持着乐观的态度和炙热的情感。

而这也正应是影片值得仔细咀嚼的经典之一。电影中虽然处处弥漫着那个特殊年代所独有的凄凉感、彷徨感，但导演依旧能够从这些死气沉沉的历史重负中揪扯出值得让人为之欣然一笑的小小感动，并携带着这份独属于那个特殊年代，特定人群的"傻呵呵"热情，跨过历史的鸿沟，感染到对那段历史完全陌生的，身在彼岸的我们。从而令我们在观看影片之余，不由自主地与主人公一起发出"活着真好"的深切感触。

与其他同时代的影视作品相比，上述这点不得不说是导演张艺谋令人称道的高明之处。张艺谋并没有局限在对那个年代持批评态度的固有小圈子里，他跳出了这个一成不变的观点，以特殊的发展眼光，从作品中挖掘出了适用于我们这个时代的东西。

与时代相比，个人的力量固然有限，但是从另外一个角度来看，也恰巧是这一个个卑微渺小的"福贵"们，构成了整个时代。时代的变迁我们不能阻止，但在这随波逐流的过程中，我们却能够以个人的态度去感染并影响着整个时代。值得一提的是，影片在音乐的选择运用上并没有采用过多复杂的表现方式。除了属于那个特殊时代的红歌和宣传广播以外，影片中运用最多的就是配合福贵皮影戏演奏的戏曲音乐以及曲调苍凉哀婉的二胡调子。这两种音乐很符合福贵这个人物的特点，而且带给观众的听觉感受也非常类同。

张艺谋正是从这个令人生畏的年代中，挖掘出了所有"福贵"们共同的，企图以个人主观态度改变苦难的愿望——就是用人性的光辉去温暖冰冷的现实。在《活着》中，抛却那些特有的历史印记，最让我感动的却恰是人与人之间的淳朴无私。整部影片，除却最开始夺取福贵租屋的龙二，其他出现的人物对于富贵几乎都有帮助提携的恩义。虽然这些帮助，都没能改变福贵的悲剧（当然也不能改变他们自己的悲剧），但这些人与人之间的温暖与感动，却让我们找到了福贵继续活着的原因：即使黑暗困苦复沓而至，但"小鸡长大了就是鹅，鹅长大了就是羊，羊长大了就是牛"。虽然说"牛不能长大变成共产主义"，但等"牛长大之后"，日子就一定会变得越来越好了。福贵相信这一点，我们在观赏影片之余，对于这一点，当然也会变得坚信不疑。

【名导介绍】

张艺谋（1950—），男，陕西西安人，中国电影导演，他在电影学院学的是摄影专业。2008 年北京奥运会开幕式、闭幕式总导演，中国"第五代导演"的代表人物之一，其拍摄的电影多次获得国际电影节大奖，是中国在国际影坛最具影响力的导演之一。早期他以执导充满中国传统文化的电影著称，2002 年转型执导的武侠巨制《英雄》开启了中国电影的"大片时代"。2012 年，张艺谋先后获得第 14 届孟买电影节终身成就奖、韩国大钟国际电影特别贡献奖、马拉喀什国际电影节杰出成就奖和开罗国际电影节终身成就奖。

【知识链接】

1. 导演生涯

张艺谋在电影界崭露头角,实际上并不是从《红高粱》开始的,而是早在数年之前。1984年,刚刚从电影学院摄影系毕业不久的他就参加了电影《一个和八个》的拍摄。这是一部在中国电影史上具有划时代意义的影片,它被列为"第五代电影人"的第一部作品,从形式到内容以及在导、摄、美等方面都较以往各代的片子有大的突破。张艺谋作为该片的摄影之一,开始受到电影界的注意。

同年,张艺谋又独立担任影片《黄土地》的摄影。在这部片子中,他充分调动摄影手段,以独特的造型表现出黄土高原浑朴、雄伟的壮美。评论界认为,这种手法在美学上是具有开拓性的,张艺谋也因此获得第五届中国电影"金鸡奖"的最佳摄影奖,从此跨入一流摄影师的行列。

1986年,张艺谋又担任影片《大阅兵》的摄影。该片放映后同样在社会上引起强烈反响。

1987年,由于一个偶然的机会,张艺谋在影片《老井》中担任主角,非演员出身的他居然无意中过了一把演戏的瘾。由于过去对农村生活有亲身的体验,他深刻地理解了角色,演来很是得心应手,竟把一个北方农村知识青年孙旺泉的形象表现得活灵活现。凭着他的表演才华,他连获了日本第二届东京国际电影节最佳男演员奖、第八届中国电影"金鸡奖"最佳男主角奖和第十一届大众电影"百花奖"最佳男演员奖,从此开始实现他电影创作的三部曲,由优秀摄影师走向优秀演员,以后又走向优秀导演。

张艺谋擅长运用电影修辞寄寓审美理想,建构电影文本的内在意蕴,创造了"有意味的形式",也实现了艺术和商业的双赢。他的电影有着浓烈的"张氏风格"的烙印,其修辞艺术特色主要体现在:鲜明突出、富有民族特色的色彩配置;强调纵深动感的多层次构图;突显隐喻手法。

2008年奥运会导演组人选从2005年开始公开招标,最初共有13个竞标团队,第一轮刷下8个之后,5个竞标团队进入候选,最终由奥组委选择确定以总导演张艺谋,副总导演陈维亚、张继刚为主的导演组成员。应该说,张艺谋的艺术才华来源于他对社会与生活的深刻感悟,而且是与他年轻时的生活经历和积累分不开的。正是那些坎坷的、充满了挫折的生活,使他懂得了思考并且能以独特的视角观察社会、审视历史。

2. 推荐作品

张艺谋《千里走单骑》《老井》《十面埋伏》

第六课　《阿甘正传》

【作品推荐】

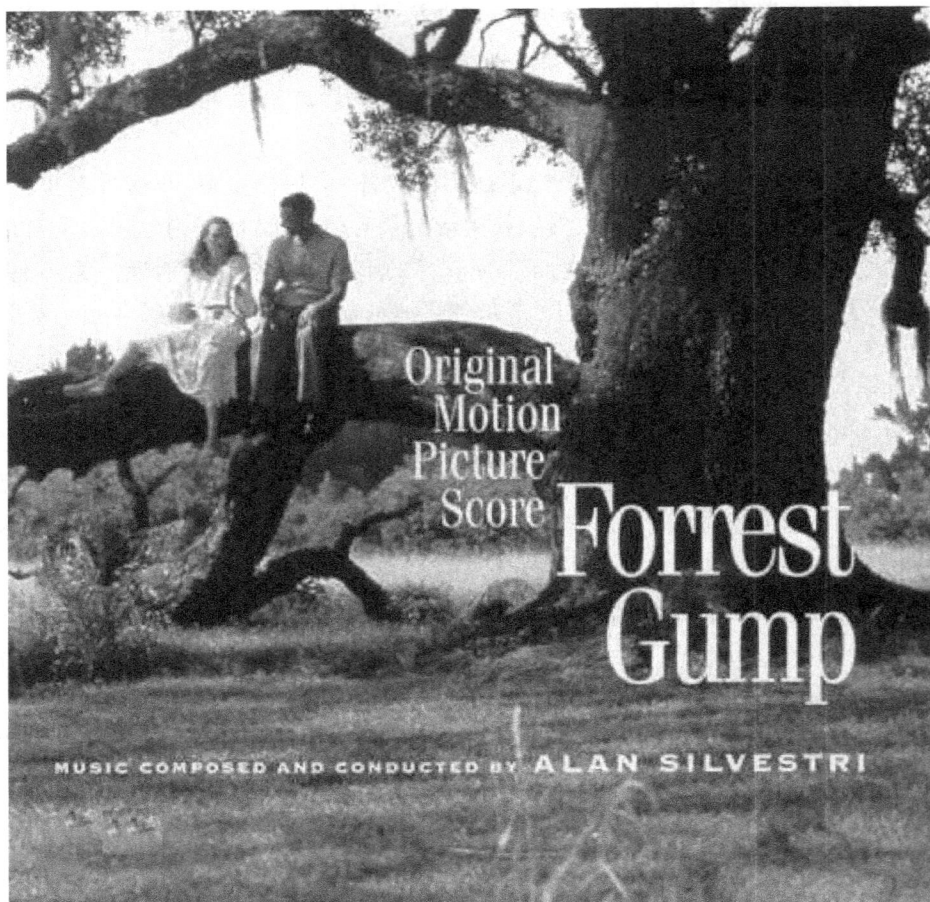

　　天空中，一根羽毛随风飘舞，飘过树梢，飞向青天……最后，它落在福雷斯·甘的脚下，阿甘把它夹进自己最喜欢的书中。他正坐在萨凡纳州的一个长椅上等待去珍妮家的公交。他要与自己多年没见的、爱慕了一生的珍妮见面。阿甘开始思绪万千，为了消磨时间，也是为了抚平浮动的情绪，他向一同坐等公车的路人诉说着自己一生的故事：阿甘于二战结束后不久出生在美国南方亚拉巴马州一个闭塞的小镇,他先天弱智,智商只有75,然而他的妈妈是一个性格坚强的女性,她常常鼓励阿甘"傻人有傻福",要他自强不息。上帝也并没有遗弃阿甘,他赐予了阿甘一双疾步如飞的"飞毛腿"。阿甘像普通孩子一样上学,并且认识了一生的朋友和至爱珍妮,在珍妮和妈妈的爱护下,阿甘凭着上帝赐予的"飞毛腿"开始了一生不停的奔跑……

【作品赏析】

20世纪90年代,美国社会的反智情绪高涨,好莱坞于是推出了一批贬低现代文明、崇尚低智商和回归原始的影片,美国媒体称之为"反智电影"。《阿甘正传》就是这一时期反智电影的代表作,它根据美国作家温斯顿·格卢姆的同名畅销小说改编,通过对一个智商为75的智障者生活的描述反映了美国生活的方方面面,并以独特的角度对美国几十年来社会政治生活中的重要事件做了展现。它使美国人重新审视国家和个人的过去,重新反省美国人的本质。

阿甘在影片中被塑造成了美德的化身,诚实、守信、认真、勇敢而重视感情,对人只懂付出不求回报,也从不介意别人拒绝,他只是豁达、坦荡地面对生活。他把自己仅有的智慧、信念、勇气集中在一点,他什么都不顾,只知道凭着直觉在路上不停地跑,他跑过了儿时同学的歧视、跑过了大学的足球场、跑过了炮火纷飞的越战泥潭、跑过了乒乓外交的战场、跑遍了全美国,并且最终跑到了他的终点。

每个看过《阿甘正传》的人都会从中得到些许感悟:生命就像那空中白色的羽毛,或迎风搏击,或随风飘荡,或翱翔蓝天,或堕入深渊……整部电影为人们讲述一个道理,人一定要学会上进,学会不停地向前奔跑。

影片改编自温斯顿·格卢姆的同名小说。阿甘是一个美国人的典型,他的身上凝聚着美国的国民性,而且他还参与或见证了美国50年代以来的重大历史事件。阿甘见证了美国黑人民权运动,上了越战前线,目击了水门事件,参与了开启中美外交新纪元的乒乓球比赛;在流行文化方面,他是猫王最著名舞台动作的老师,启发了约翰·列侬写出最著名的歌曲,在长跑中发明了80年代美国最著名的口号。影片的表层是阿甘的自传,由他慢慢讲述。阿甘的所见所闻所言所行不仅具有高度的代表性,而且是对历史的直接图解。这种视觉化的比喻在影片的第一个镜头中得到生动的暗示:一根羽毛飘飘荡荡,吹过民居和马路,最后落到阿甘的脚下,优雅却平淡无奇,随意而又有必然性。汤姆·汉克斯把阿甘从历史的投影变为实实在在、有血有肉的人。阿甘是一个占据着成年人躯体的幼童、一个圣贤级的傻子、一个超越真实的普通人、一个代表着民族个性的小人物。

在1995年的第67届奥斯卡金像奖最佳影片的角逐中,影片《阿甘正传》一举获得了最佳影片、最佳男主角、最佳导演、最佳改编剧本、最佳剪辑和最佳视觉效果等六项大奖。

【名导介绍】

罗伯特·泽米吉斯(1952—)生于美国的芝加哥,曾获得过北伊科诺斯州大学和南加州大学的学位。他的大多数电影,都像是一个个风格独特的成人童话。《阿甘正传》中那个被老天偏爱的笨小孩仿佛格林兄弟笔下老实的汉斯。《回到未来》中的时空之旅则是每个成长中的少年都曾有过的冒险之梦。从《谁陷害兔子罗杰》那只意义深远的倒霉兔子,到《荒岛余生》中的现代版鲁滨孙;从《极地特快》那辆载满欢乐的神秘火车,再到温情脉脉的《圣诞颂歌》。他的作品中,总是有干净的纯粹,有奇妙的梦境,有融融的暖意,而喜欢罗伯特·泽米吉斯的电影的人,也一定和他一样心怀童真。

【知识链接】

1. 影片的艺术特性

以飘逸的羽毛作为开场,又以飘忽的羽毛作为结束。这是这部电影在视觉上给我们的最大冲击。导演运用巧妙的电脑合成技术和独特的拍摄角度,佐之极具表现力的自然光影,使这片飘飞的羽毛变得不平凡了。"它看似微不足道、随风飘零,表述着生命的无奈和命运的偶然;而实际上它却是电影制作者苦心经营的视觉奇迹,那优美飘过的弧线、飘飘落地迅即随风而起的轨迹,都向人们暗示着阿甘神话的必然性。"它不是哗众取宠的一片羽毛,是一片为影片伏笔,为影片揭示奥义的羽毛,它的存在,从一开始就为营造整部影片的意境和格调起了很大作用。而结尾,它在阿甘陷入了回忆时飘起,又给人带来一种回味无穷、意犹未尽之感。

当然,影片中运用计算机特效的场景,绝不仅仅如此。阿甘和约翰·列侬一起上电视做节目,三次被总统接见,去中国参加乒乓球赛,还有丹的战友们战死的场景,丹失去了双腿,反战集会等场景,无不是计算机特效的杰作。运用这一技术,使这些虚拟的场景以假乱真,增加了表现力。

影片在陈述故事时,大量借助了阿甘的自述旁白,使他从小到大的故事紧紧贯穿在一起。并且,大量运用蒙太奇的手法来叙述故事。新年的夜晚,运用了平行蒙太奇,将阿甘和珍妮两人在不同地点发生的故事一同讲述。还有,阿甘在小镇里跑的场景,则是运用了重复蒙太奇,去强调阿甘那种积极奔跑、努力奋斗的精神态度。

导演安排的拍摄手法非常的巧妙,影片的造型和时尚的表现普遍用拼粘的手法形成反讽的效果,如阿甘与已故的肯尼迪总统握手的镜头,通过对一个弱智者生活的刻画从一个特殊的角度对美国十几年来社会政治生活中的重要事件作了展现。影片对故事进行了反讽拍摄但不失修饰和美化,为影片增添了一份温情。阿甘的一生出现了许多戏剧性的变化,我们可以说是一种奇迹,而这种奇迹出现时你并不会去羡慕创造出它们的阿甘,而观众更多的会去欣赏阿甘共同并存的岁月。它并不是让人们去同情而是让人们去肯定生命的价值,这就是《阿甘正传》给我们展现的电影的力量。

2. 作品推荐

罗伯特·泽米吉斯《绿宝石》《回到未来》《谁陷害了兔子罗杰》

第七课 《美丽人生》

【作品推荐】

影片由罗伯托·贝尼尼自编自导自演,讲述了意大利一对犹太父子被送进纳粹集中营后,父亲不忍年仅五岁的儿子饱受惊恐,利用自己丰富的想象力扯谎说他们正身处一个游戏当中,必须接受集中营中种种规矩以换得分数赢取最后大奖。影片笑中有泪,将一个大时代小人物的故事,转化为一个扣人心弦的悲喜剧。影片荣获奥斯卡最佳外语片头衔及多个国际大奖。

【作品赏析】

一个人或者一个民族在遭受不幸的时候,绝望或许是人性脆弱的本能体现,但这一定不是强者风范,上帝给予的永远只能是同情,在悲剧面前,谁不流泪谁就是上帝,这不是无知也不是残忍,而是一个人或者一个民族最难能可贵的坚决与乐观,这样的人或者这样的民族一定是最优秀的。

这是一部反思战争的影片,人类的互相残杀这似乎是不可原谅的错误,一直都不明白纳粹的人性丢失在哪一个角落,将人类囚禁在恶劣的集中营其实就是对人类的尊严最大的侮辱。战争的代价是巨大的,战争没有绝对的胜利,因为战争不道德。《美丽人生》似乎想要表达一种美好的愿望和诉求,它没有《辛德勒名单》那样惨烈的色彩,而是选择将纳粹的罪恶隐藏在一段普通喜剧游戏当中,但是如此平淡的故事氛围却能震撼每一个观众,因为它让人更深刻地体验到战争给基度一家甚至整个犹太民族无法磨灭的伤害,这是反差也是以小见大,我们从基度编造的游戏中感受着战争的可怕,因为基度一家是无辜的,犹太民族是无辜的。影片中小约书亚有这么一句话:野蛮人和蜘蛛不许进书店。我相信这是导演刻意安排的一种暗示,这句出自孩子的话其实就是所有犹太人的一种心声,这句话包含太多的情感,对纳粹的痛恨,对和平的渴望。现在想来,德国的反思是诚恳的,他们正弥补着过去纳粹的滔天大罪,更是重新拾起人类曾经遗失的尊严。

这是一部关于生命的影片,在死亡面前,任何人都有权选择自己的心态,《美丽人生》触动观众的是基度对生命由衷的宽容,这是他的气质,更是意大利人的气质,影片中的基度以及他的周围或许都只是一个缩影,基度的幽默、基度的乐观都足够证明他已经完全征服了生命,已经当之无愧成为生命的主宰者,这是犹太民族的骄傲。基度的人生是个游戏,同时基度游戏着人生,在集中营死亡谷中,他没有一丝表情诠释着死亡的气息,没有一句言语透露出对死亡的畏惧,而是仅仅的将生命看成一个游戏,一个会有收获的游戏,这是常人无法企及的,我想,基度的思维应该和托洛茨基一样,托洛茨基在等待行刑时写下的一段文字:人生是美丽的。我忽然受到了很多的启迪,人生也许残缺不全,生命也许阴霾昏沉,但我们可以选择宽容的心态去包容一切的遗憾,我们应该懂得自己才是人生这个游戏的主宰者,我们该做的是永远微笑。

这同时又是一部关于亲情的影片,基度是一个成功的男人,成功在于他的人性美,他所制定的游戏其实是一个爱的游戏,为了保护心爱的儿子小约书亚,基度冒着生命危险当了翻译,将纳粹残忍的制度美化编造成一个适合儿子小约书亚的游戏规则,即使游戏规则不真实,但基度的父爱无比真实。在影片结尾,基度再三嘱咐小约书亚不能离开小铁箱,在被纳粹兵抓去途中仍做出滑稽的动作试图让小铁箱里的儿子相信游戏的真实性,在生命的最后,基度用滑稽的动作以及最不舍的心情表达了对儿子小约书亚的浓浓的舐犊之情……

【名导介绍】

罗伯托·贝尼尼(1952—),意大利电影导演,著名喜剧演员,有"意大利的卓别林"之美称。曾以自编自导自演电影作品《美丽人生》夺得 1997 年奥斯卡金像奖最佳外语片及最佳男主角奖项。1971 年来到罗马,并于次年首度登台表演独角戏《乔尼·马里奥》。1976 年,同朱塞佩·贝尔托卢奇一起将该剧改编成电视节目,在《自由波浪》栏目里播出。随后,又同他一起合作编导了电影《贝林格,我爱你》等多部作品。进入 80 年代,在编剧、导演和表演领域十分活跃,喜剧才华得到进一步发挥。进入 90 年代后,他走上了"自编、自导、自演"的道路,展现了导演的艺术才华。主演并作为助理导演的影片有:《贝林格,我爱你》《欢乐的日子》《童心》《教皇的眼睛》《蔬菜汤》《你打扰我》《我们哭,别无选择》《月亮的声音》《夜间出租司机》《红豹的儿子》。

【知识链接】

1. 喜剧电影

喜剧是戏剧的一种类型,以夸张的手法、巧妙的结构、诙谐的台词及对喜剧性格的刻画,从而引人对丑的、滑稽的事物予以嘲笑,对正常的人生和美好的理想予以肯定。在喜剧电影中,作家们的艺术表现的重心始终放在人物的行为上,在人物的行为描写中,作品突出的是这些行为同人物的性格和时代背景之间的紧密联系,而后者才是人物行为性质的主要源泉,这无疑为该类型的喜剧增添了一种十分明显的讽刺社会的倾向。在人物取向中,喜剧主要描写的是社会最底层人民的生活状况,从而进一步开拓了喜剧所反映的时代背景的摄取视野。

在艺术表达上,这种描写为喜剧电影带来的一个突出特点是它对故事和情节因素的重视。在这部喜剧电影中,作家正是在一种诙谐幽默的情节进展中,为我们刻画出主人公的喜剧特征。一般来说,在这类讽刺喜剧作品中,为了满足表现人物幽默行为的基本要求,作家往往要创造出一种极端化的情节。在这种非比寻常的情节中,喜剧电影的主人公将会遇到难以想象的挑战和考验。这种艺术处理方式不仅可以体现出喜剧电影的最终目的,而且可以有效地引发观众的深刻反思。极端化的情节必然要求极端化的结局,要么是悲剧,要么是碌碌一生。我们谈论的既然是喜剧,那么,电影要求的自然是幽默搞笑。这种于情理之中的情节模式,加上主人公或诙谐或乐观的可爱性格以及某些喜剧性的穿插成分,则构成了讽刺喜剧幽默性的主要内容。

在一大批喜剧电影中,作家更乐于表现的是那些作为正常人却不做正常事的发展情节,他们试图表现的是更多的关于人类生活的时代背景的伦理问题及解决的可能性。

2. 作品推荐

拉库马·希拉尼《三傻大闹宝莱坞》

阿米尔·汗《地球上的星星》

彼得·沃纳《叫我第一名》

第八课　《肖申克的救赎》

【作品推荐】

　　故事发生在 1947 年，银行家安迪因为妻子有婚外情，用枪杀死了她和她的情人，因此他被指控枪杀了妻子及其情人。安迪被判无期徒刑，这意味着他将在肖申克监狱中度过余生。阿瑞于 1927 年因谋杀罪被判无期徒刑，数次假释都未获成功。他现在已经成为肖申克监狱中的"权威人物"，只要你付得起钱，他几乎有办法搞到任何你想要的东西：香烟、糖果、酒，甚至是大麻。每当有新囚犯来的时候，大家就赌谁会在第一个夜晚哭泣。阿瑞认为弱不禁风、书生气十足的安迪一定会哭，结果安迪的沉默使他输掉了四包烟。但同时也使阿瑞对他另眼相看……

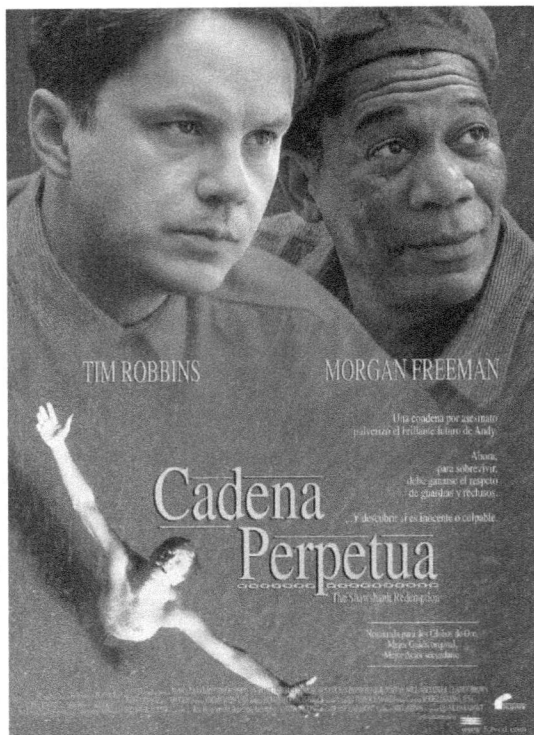

【作品赏析】

　　在很多人的定义里，这首先是一部嘲讽美国司法制度和狱政制度的电影。因为如果不是因为司法制度上的错判的话，安迪是不会进入肖申克监狱；而如果不是因为狱政制度上阴暗腐败的话，安迪也不会成为诺顿的洗黑钱机器，也不会有了后面的整个故事。然而，这部电影首先定义上应该是一部有关人性黑暗以及救赎的电影，如果把它定义在司法制度和狱政制度上的讽世之作的话，反而局限了这部电影本身的那种更深一层的意义而让这部电影显得肤浅了。

　　不论是司法制度上的漏洞或者是狱政制度上的阴暗腐败，其根本依旧还是人性上的阴暗和贪婪。比如说，如果安迪的错判入狱还仅仅只是因为司法制度上的错判，那么后来安迪得到了一个推翻错误回归到自由社会的机会，可是这个机会却威胁到了典狱长诺顿的安全和洗黑钱系统的整体流程，那么，这个机会被诺顿彻底扼杀就完整地体现了这种人性上的黑暗。

人性是所有一切社会规则和法规的根本。不管多健全的制度最终依旧只能靠人去操作运转，而如果操持着整个制度的人本身依旧带着贪婪的欲望去观摩这一切的话，他们总能找到可乘之机或者错漏之处。

安迪的入狱也许还能说是司法制度上的漏洞以及客观证据的指证，可是他的出逃却只能是一种极其无奈的选择。因为除了这样的方式来完整他高洁的灵魂，他已经找不到其他的任何方式去完成本该就属于他的自由和梦想了。

可以说，所有左右这一切的仅仅只是诺顿的一念之善或者一念之恶罢了。当一个人身陷于冤狱而诉求无门的时候，人们不知道他所面对的是一种怎么样的绝望。黑暗也许并不是最可怕的，而真正可怕的是这种绝望带来的对于人生一眼所看到的没有光亮的前路。我们也不知道在瑞德平静的语调里所讲的安迪待在他狭小的牢房里沉默不语的第一个夜晚里他是如何度过的，他思索中的那些又会是什么。他即将开始的是一种永远也没有光亮的生活，他即将在这个黑暗的夜里开始他漫长而没有前路的人生。

黑暗，无边无际的黑暗从此将他笼罩并且永远将他紧紧地包裹住了。希望和梦想从现在起都将离他而去了。他只是一个不善于表达爱意和情感的内敛男人，所以他永远失去了不知道如何向她表达情感的妻子，所以他在妻子出轨之后将她赶出了家门并且最终导致她死在了情人家的床上。对他来说，这一切构建成了他心安理得地生活在牢狱里的心理基础，他在赎罪，对他来说他并没有杀害妻子可是他的行为间接或者直接地导致了妻子的死亡。

沉重的负罪感和胶着的漆黑沉沉地包裹着他，令他不再有希望和光明。我们看到的是一种多沉重的黑暗，也许，我们就能明白光明和希望带给我们的快乐。

【名导介绍】

弗兰克·达拉邦特(1959—)，因战事幼时多难，生于1959年法国军事撤离区的收容所，不久随家人移居美国芝加哥。成年后赴好莱坞发展，曾任布景师，1987年为导演查克罗素编写《半夜鬼上床3》的剧本，次年接着编剧罗素旧片新拍的《变形怪体》。1994年的《刺激1995》(《肖申克的救赎》)为其第一部自编自导的影片，一炮而红，并获奥斯卡最佳改编剧本提名。1999年的《绿色奇迹》由其编导兼制片，再次获奥斯卡最佳改编剧本及最佳影片提名。比起导演这个工作，弗兰克·达拉邦特更适合被称为编剧，然而他为数极少的导演作品却为他赢得了全世界影迷的爱戴。

【知识链接】

1. 镜头

当一部电影的画面在银幕上不断地展现时，一系列的镜头便把观众的视点带到各种不同的位置，使观众可以从多种多样的视点来看到画面所表现出来的对象。同时，每个镜头本身，也迫使观众只能从特定的视点去看。镜头通常在电影里指的是电影在实拍中摄影机每拍一次所摄取的一段连续的画面，这也是我们通常所说的镜头的含义。一部电影就是由许多的不同景别和不同长度的镜头组成的，一个镜头就是摄影机从开拍到停止所拍下的全部画面，期间不管拍摄的主体有什么样的变化，也不管摄影机作什么样的运动，这一镜头拍摄了多少的时间。所以，一个镜头可以是景别，也可以是两种或两种以上的景别，因为一个可以由全景推出中景、近景乃至特写，也可以由特写拉成近景、中景乃至远景。就单个镜头来说：视距越近则画面包容的范围越小，但画面上所表现的细节却放得越来越大，因而吸引观众的注意力量就越强，给予观众的印象也越深；视距越远，则画面包容的范围越大，越容易使观众了解主体所处在的环境，但使观众看清楚细节的程度却越差。因此，视距的选择，不能不关系到影片中需要突出哪些、冲淡哪些，抛弃哪些，保留哪些。同时，为了让观众了解整个环境，又明确各主体间的相互关系，并获得应有的印象，在一组镜头内，就必然包含各种不同的视距。没有用华丽的镜头，绝大多数的近景拍摄，以及人物面貌的 1/4 镜头拍摄很平淡。《肖申克的救赎》影片中以灰色和光明两种色调说明了两个主题，在表现监狱黑暗和监狱管理制度阴险时大多数用了灰和黑的色调，在表明主人公对自由的向往和渴望时用了和灰色相反的太阳光来突出这一点。我们还可以从三张画中看出导演的拍摄的细微之处，三幅画，导演分别用了特写，从最初的二战时期的女星丽泰·海华斯，到后来的梦露，再到最后的拉蔻儿·薇芝，三个时代的女星画在不经意间告诉了观众安迪在监狱里度过的年月。导演用极其平淡的镜头，很好地处理着故事中角度变化和方向的统一，形象的对列和构图的对位，镜头的尺寸和感染力调子的恰到好处的应用，以及对影片分段和画面间隙的处理都使得这部看上去很平淡的电影有着强有力的感染力，也注定了这部影片不会平庸。

2. 作品推荐

斯皮尔伯格《幸福终点站》

彼得·莱文《风雨哈佛路》

第九课 《当幸福来敲门》

【作品推荐】

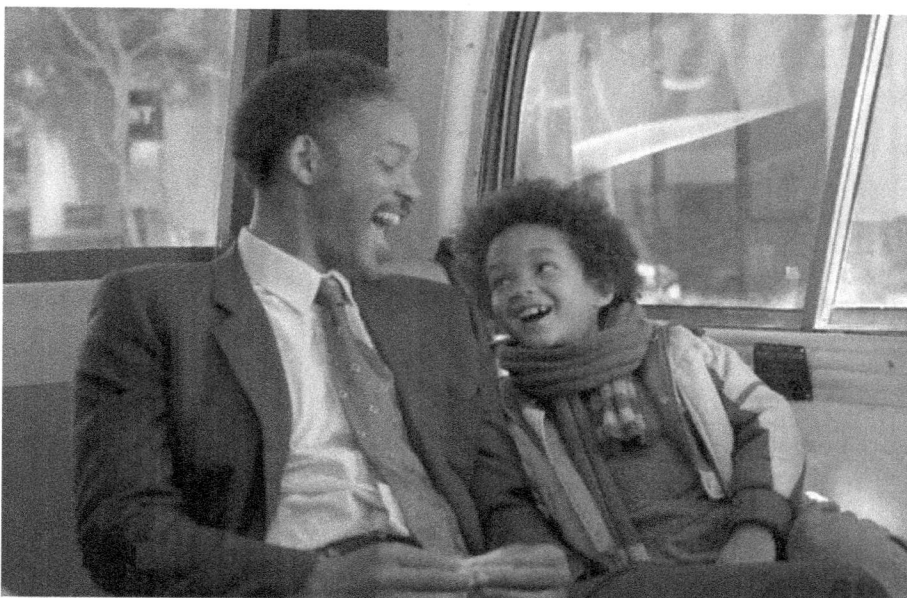

　　已近而立之年的克里斯·加德纳，在 28 岁的时候才初次见到自己的父亲，所以当时他就下定决心在有了孩子之后，要给孩子做一个好爸爸。但他事业不顺，生活潦倒，只能每天奔波于各大医院，靠卖骨密度扫描仪为生。在他偶然间认识到做证券经纪人并不一定需要大学生文凭，而只要懂数字和人际关系就可以做到后，他就主动去找维特证券的经理。凭借自己的执着和非凡的妙语，以及一个小小的魔方的帮助下，克里斯·加德纳得到了一个实习的机会。但是实习生有 20 人，他们必须无薪工作六个月，最后只能有一个人录用，这对克里斯·加德纳来说实在是难上加难。这时，妻子因为不能忍受穷苦的生活，独自去了纽约，克里斯·加德纳和儿子也因为极度的贫穷而失去了自己的住所，过着东奔西跑的生活。他一边卖骨密度扫描仪，一边作实习生，后来还必须去教堂排队，争取得到教堂救济的住房。但是克里斯·加德纳一直很乐观。因为极度的贫穷，克里斯·加德纳甚至去卖血。功夫不负有心人，凭借自己的努力，克里斯·加德纳最终脱颖而出，获得了股票经纪人的工作，后来还创办了自己的公司。

【作品赏析】

世上自己努力成才的故事有很多，为什么导演要选择克里斯·加德纳的故事？为什么翻拍成电影的《当幸福来敲门》要比清华卖馒头的，自学考进清华的故事更具感染力，更有说服力？因为克里斯·加德纳所从事的行业，他是从一个销售做起的，一个天天要面对别人的拒绝，一个天天要重拾自己被别人的冷漠、误解所打散的自信心的行业做起的。影片中有一个镜头，长长的客户名单表，两个月他还没有完成一张。他每天不喝水，不上厕所，节省的时间来超效率地工作，换来的也仅是一系列的拒绝。当然他通过对人的真诚，最后赢得了机会，做出了事业，但是这之前，他所受到的冷眼，他所接受的挫折，是没有从事过这行业的人所无法想象的。

影片结束的时候，克里斯·加德纳获得了一份工作，一份经纪人的工作。在今天许多人看来，这是一份很体面的工作吗？或许不是，但是为什么他会如此的激动，如此的为自己鼓掌？因为只有他自己知道他付出了多少，今天所拥有的，和他以前所拥有的差距之大，这其中他所付出的艰辛、努力，只有他自己知道，所以他情不自禁地为自己喝彩。这其实对于我们每个人来说都是一样的。

时常我们会提到，平凡中具有伟大，每一个人为自己而活，充实、努力、快乐地过好每一天就是一种辉煌。每个人所能做的成就固有大小，但是每一个为了自己的梦想所迈出的一小步，所做出的改变，所付出的努力，都是只有自己才能看得到的。这些变化，和过去我们所生活的环境、条件相比，有的大，有的小，但是当你在取得这些进步的同时，别忘了给自己鼓鼓掌，别忘了去自我肯定，在实现梦想的过程中所付出的努力。

旅途中的风景，永远是最美的。在人生一个又一个分站中，给自己一点鼓励，整装待发，一往直前……

【名导介绍】

加布里尔·穆奇诺（1967—），意大利导演，出生于罗马。2001年，他凭借情感细腻的《最后一吻》和莫妮卡·贝鲁奇主演的《同床异梦》树立起名望。2002年的圣丹斯电影节上，他的《最后一吻》获得世界电影部门的观众奖，美国电影工业因此对他产生了浓厚的兴趣，他也转向好莱坞电影领域。2005年，加布里尔受好莱坞巨星威尔·史密斯力邀担任后者的新片《当幸福来敲门》的导演，加布里尔曾在一个采访中说："为了聘请我做导演，威尔做出多方努力。我基本不会讲英语，难以表达我的观点。我感到备受保护，我可以把我那些异想天开的念头加进去。从威尔那里，我能感觉到自己以及自己的

想法受到了尊重。"《当幸福来敲门》上映后,获得多方赞誉,也证明了威尔·史密斯的眼光和加布里尔的导演能力。

【知识链接】

1. 从电影中看推销

《当幸福来敲门》电影的主人公其实是现实中黑人投资家克里斯·加德纳的翻版。他的经历不是教给大家一个推销员是怎么从低谷走向成功,而是在传递一种对于生活和事业的信念。每一个人看了这部电影都会有自己的感想,不少公司的销售部门也经常会给新员工看这部影片,目的各不相同,电影的主题也被诠释得五花八门。

其实,从最一般的意义上来讲,生活中这样的推销员应该很多,他们每天奔波与公司,家庭和客户之间,遭受白眼和挫折都是家常便饭,有的逐个敲门拜访,还有的甚至站在立交桥上向过往的车辆推销。大多数人碰到这些人,根本连正眼都不瞧一下,忽略他们的传单或说辞,直接挥手走过;还有一些人却在思考:这些人为什么有这么大的勇气在这里推销,他们为什么不干点其他工作,他们这样推销有用吗?

有一点社会常识的人都知道,他们并非为了推销而推销。就像许多商界传奇人士讲的那样,一个成功的商人必须先学会成功推销一件东西,他比别人推销的好,他就比别人多了成功的机会。不是每一个人都有那么厚的脸皮,不是每一个人都能耐得住别人的侮辱和炎炎的烈日。推销员是销售经理必须走的第一步,也是考验他们品质的最佳的方法。电影的主人公演绎了一个处在逆境中的业务员(推销医疗器材)从失败走向成功,从推销员走向金融投资经理的商界奇迹,也像人们揭示了一个推销员成长的过程。

虽然我们大多数时候讨厌推销员的花言巧语和纠缠不休,也尽力避免做任何有关推销的事情,但我们还是非常佩服他们的。因为能干好推销的人,什么事情都难不倒他。用推销员的艰苦卓绝去克服其他岗位那一点钩心斗角,难道不是手到擒来吗?大家总是在问什么岗位最赚钱,其实大家心里也最清楚:最难做的职位最赚钱,付出和收入永远都是成正比的。有些人瞧不起推销员,那是他未曾想过自己处在同样的职位时,会是怎样的尴尬表现。除了推销员的价值以外,这个电影还映射了一个美国人共同的价值观——美国梦的实现,其实在哪里都有梦,中国人也应该有自己的梦,从主人公的奋斗历程中,我们可以看到,通过自己的努力,我们也是可以获得成功的。

2. 作品推荐

杰茜·尼尔森《我是山姆》

吴宇森《风语者》

第十课 《放牛班的春天》

【作品推荐】

克莱门特·马修是一个才华横溢的音乐家，不过在 1949 年的法国乡村，他没有发展自己才华的机会，最终成为一间男子寄宿学校的助理教师。学校名为"池塘畔底辅育院"。这所学校有一个外号叫"池塘之底"，因为这里的学生大部分都是一些顽皮的儿童。到任后马修发现学校的校长以残暴高压的手段管治这班问题少年，体罚在这里司空见惯，性格沉静的克莱门特尝试用自己的方法改善这种状况，闲时他会创作一些合唱曲，而令他惊奇的是这所寄宿学校竟然没有音乐课，他决定用音乐的方法来打开学生们封闭的心灵。马修开始教学生们如何唱歌，但事情进展得并不顺利，一个最大的麻烦制造者就是皮埃尔·莫昂克，皮埃尔拥有天使的面孔和歌喉，却有着令人头疼的调皮的性格，循循善诱的马修把皮埃尔的音乐天赋发掘出来，同时他也与皮埃尔的母亲产生了一段微妙感情，但却是一厢情愿。最后他因为失火事件被校长解雇，临走前他带走了皮利诺。这是一部十分感人的电影，引人深思。

【作品赏析】

生命,无论是鲜活动人抑或面目黯淡,都将以轻飘飘的姿态最终定格,欢喜悲愁与泪水飞逝,成为铭记或淡忘的过去,这世界——星空之下大地之上,有什么可以永驻?

马修仿佛就是这么我们身边的一个人,他是一个"光头佬",在不停地失业后他来到了一所寄宿学校,这所学校的名字叫作"池塘之底",他满腔热情,却被这个烂摊子重重打击。但他是一个仁爱、友善、亲切、正直的人,从来没有放弃过自己的理想,他以自己的方式渐渐走近这些几乎被人遗忘的少年。

他可以在开始时恐吓他们,要把他们"送到校长室",但当老麦病重转院,孩子真的害怕了,似乎死亡一下子来到了身边,他们怯怯地问"他会死吗?"马修揽过孩子的头靠在自己的胸膛上,告诉他说:"不会,医生会救活他。"

物质世界随时丰富,可人们的心却总是那么冷酷。这世界变得越来越现实,心灵的交流已经成为最早被人们舍弃的东西,但是在《放牛班的春天》里,在那个严酷环境下依然用爱走进孩子心里的那个人,他这一生是无愧的。因为心灵从来就不是用来征服而是用来走近并温暖的。

记得莫昂克因上课时写校长坏话被罚禁闭的那个镜头吗?关门,画面一下子暗下来,再关上窗,画面暗得更多了,只能从小小的洞里看见莫昂克满是敌意的眼睛,到后来女伯爵参观时,马修停止对他的惩罚,给了他意想不到的机会,他的眼神从怀疑到惊喜,满是"获宽恕后的喜悦及无法言语的感激",小男主角台词不多,却一直在用眼神演戏。

这个身材瘦削面容清俊的男孩,在他的"天使面孔"底下却藏着一座狂野的火山,却又那么渴望温情,而他的声音清亮,纯净,他的声音是真正的天籁之音,比希望更美。他是片中最大的亮色,没有他的声音,这部片子就会平庸许多。

你不必懂法语,音乐是共通的语言,一曲一词中,马修渐渐地被孩子们接受了。敌意渐渐从孩子们的眼中化去,当合唱团居然受到恶校长的支持时,日子变得充实美好起来,画面也变得更加明亮,白云下,长桥上,奔跑的少年,还有老麦也回来了,而马修,孩子们口中传唱的乐曲就是他最大的动力。

善与恶从来都纠缠在一起。学校发生意外,马修被迫离职,并且要求不许和孩子们告别。马修无奈地走在离开的路上,但却终于没有失望,不断有纸飞机从那个高墙的窗口飞出,如天降一般。看不见孩子们的脸,却看见一群手在挥。

不求闻达,只为实现自己的理想。因为追求,终于实现了理想,莫昂克成了音乐家,马修终其一生教授音乐,而皮利诺的愿望也实现了,跟着马修走的那天正好是周六,正是爸爸要来接他的日子。

让我们回到影片开头,成功的莫昂克在世界的音乐舞台上扮演着重要的角色,直到50年后的那天,一样满头白发的皮利诺来找他,并拿出马修当年的日记,回忆才涌上他的心头,50年从青涩少年到年岁渐老,上帝赐他好天赋,莫昂克却不知有一双手在一直地向前推着他,一双眼睛一直在注视着他,一个人,在他人生最关键的时候,用自己并不高大的身躯,将他向上托起。

【名导介绍】

克里斯托夫·巴拉蒂（ ）是音乐出身的，在7岁的时候他便能够演奏音乐，后来进入巴黎音乐学院进行学习，在巴黎音乐学院毕业后，放弃了自己的音乐梦想开始新梦想追寻进入影视圈发展。他的母亲是剧院的演员，而他的叔叔则是拿过两次奥斯卡提名的著名法国电影人杰克斯·佩林。克里斯托夫说自己小的时候身边的人都在谈论着电影。虽然在音乐上颇有天赋，最后他还是选择了在电影上发展事业。一开始他只是到叔叔的电影公司做些剧本创意的工作，后来慢慢开始自编自导一些小片。直到2004年，他完成了自己鱼跃龙门的长片成名作《放牛班的春天》。那部影片让他拿下了当年的奥斯卡最佳外语片提名，除此之外他为影片所作的原创音乐也得到了奥斯卡的提名。其实，据他本人后来说道，自己为影片写曲只是为了节省成本，不想多花钱在音乐上，谁想这种节约的效果大大超出了他的预期。不过，这也说明了他在音乐上同样非凡的造诣。学习音乐出身的克里斯托夫·巴拉蒂给他日后的奥斯卡提名带来了非常大的帮助。他的两部电影都是以音乐为主，在电影中展现了他的独特音乐叙事手法。

【知识链接】

1. 爱，在理解的尽头

"池塘之底"是一所专为"再教育"问题少年们而设置的寄宿学校的名字。

一如其名，学校拥有阴森古陈的建筑、笨重重叠的大门，灰色斑驳的教室以及幽暗闭塞的氛围。

夏丏尊曾说："教育没有了情爱，就成了无水的池，任你四方形也罢，圆形也罢，总逃不了一个虚空。"处于池塘之底，那就意味着幽晦如地狱，没有阳光温暖心灵；意味着井底之蛙，笼中之鸟，没有湛蓝的天空任意飞翔；意味着冰冷如冬，污秽丛杂，没有真情实爱的润泽。

在这里，我们看到教育的"理念"——"行动—反应"原则，如果有孩子触犯了纪律，全校师生立即集合，肇事者将受到严厉的惩罚。设若三秒内找不到肇事者，所有人都要关六小时的禁闭，轮流进行，取消所有娱乐活动，禁止任何外来探访，直到肇事者自首或被揭发为止；在这里，有着严格的客人探访条例，只可以在规定时间段亲子见面，其余时间都处于鞭子与辱骂的凌威之下；在这里，缺乏公义、尊重、爱心……

然而，法国人毕竟浪漫而温情。当马修再次拎起饱经沧桑的皮箱远去，而叹惋这些孩子的谨慎看起来更像是冷漠的时候，我们看到一只只飞机从窗口飞降下来，折叠的飞机上写满充满个性而深情款款的语句；也看到一只只尚且幼小的小手在空中飞舞，似是告别，又似是追索未来。在那一刻，马修感觉自己的每寸肌肤都透出了愉悦和乐观。作为教师，其存在的意义与享受的幸福得以呈现。

"池塘之底"固然有其值得讽刺的意味，是对人格的亵渎，也是对自我的否定。但对于优秀的教师而言，这同时也意味着"冰山效应"，我们可以将更多的视角转移到学生的潜在的待开发的领地，将更多的注意力转移到被忽视的群体或个体中来。教师的意义在于开发学生潜能，拓展心智发展的疆域的同时，培养可持续性发展的自觉性。从这个角度去审度马修，他只在自己擅长的领域里带领学生飞翔。因此，莫昂克是幸运的，他因顽皮过度而被遮盖了的音乐天分，被马修敏锐地洞察到，并得到很好的培育，至少得到了肯定与张扬。这为后来跨上更高的平台夯实了基础并提供了无限的可能。他终于成为声名远播的指挥大师。

然而，我们要追问的是，作为学科教师，他除却合唱教学外，本身的学科素养培育呢？还要追问的是，作为教育工作者，他将班级分散的心聚焦于音乐，这无可厚非。然而，教育到底要给予学生怎样的影响？莫昂克终于前往里昂音乐学院进修，追随他而去的皮利诺呢？纵火焚校的丹东呢？为买热气球而偷窃的郭邦呢？我们在倡导教育理念多元，形式开放的春天，是否会被繁华与喧闹迷失了教育的本色？无论是本片中的马修，还是《摇滚校园》中的奈德，我们以为都只能作为另类的教育方式，或者作为教育的参考与补充，警醒与鞭策。设若以之为模板，甚至为之振臂高呼，摇旗呐喊，则是另种形式的迷茫！

永不放弃，前方总有希望在等待。

2. 作品推荐

斯皮尔伯格《人工智能》

马塞尔·卡尔内《天堂的孩子》